내 사랑 노을 속으로

김천솔의 한산대첩

김병용

휴엔스토리

사랑은 진정 아름다운 것인가!

우리의 대중가요 중에 '누가 사랑을 아름답다 했는가' 라는 유행가 가사가 있다. 이 가사처럼 사랑은 진정 아름다운 것인가? 대다수의 사람은 막연히 그렇게 받아들일 것이다. 게다가 삶과 죽음이 빗발치듯 교차하는 전장에서 피어난 사랑은 더욱 아름답게 느껴질 수 있다.

이 이야기는 전쟁의 비극성을 다루고 있지만, 실상은 러브스토리에 더 가깝다. 참혹한 전쟁의 소용돌이 속에서 사랑을 지키려고 몸부림치는 한 남자의 이야기를 전하면서, 나는 사랑의 미학보다 인간 정신의 미학적 관점에 더 빠져들게 되었다.

임진란은 우리 민족사에 전례 없이 참혹한 전쟁이었다. 위정자의 무능과 태만이 불러온 어처구니없는 비극이었다. 한 지각 있는 수군 장수와 의병의 봉기로 전쟁의 국면을 완전히 뒤바꿔놓기까지 얼마나 많은 양민이 생지옥을 경험하며 죽어갔는지 모른다. 그 절박하고 절망적인 상황 속에서도 인간은 누군가를 사랑하고, 그 사랑과 함께 예전의 평화로운 일상으로 되돌아갈 미래를 꿈꾼다.

이 글의 주인공 김 천손이 바로 그런 사람 중의 하나다.

사랑하는 사람을 구하기 위해 계란으로 바위를 치듯 무모한 일을 벌이지만 그렇게 무모할 수밖에 없었던 이유, 그것은 그의 가슴속에 기꺼이 목숨과도 맞바꿀 사랑의 힘이 도사리고 있었기 때문이다.

과거는 오늘을 비추는 거울이며, 인류의 역사는 무한 반복된다. 지금도 지구의 반대편에서는 혹독한 추위 속에서 인간의 영혼을 좀 먹는 참으로 비참하고 슬픈 전쟁이 계속되고 있다. 이 참혹한 전쟁의 와중에도 누군가는 사랑하고, 이별하거나 사랑하는 사람을 잃은 깊은 비탄 속에 잠겨 있을 것이다.

러시아군의 폭격으로 사랑하는 가족을 잃은 어느 우크라이나 시민의 절규가 아직도 귀에 쟁쟁하다. 다시는 아무도 죽지 않기를! 이 모든 이들의 사랑을 위하여 두 손 모아 따뜻한 위로와 격려의 말을 전하고 싶다.

- 겨울의 끝자락에서 봄을 기다리는 마음으로.

저자 김병룡

차
례

작가의 말

맺음말

1. 첫눈 내린 날 너에게로

임진년 정초에 큰 눈이 내렸다.

평년엔 거의 볼 수 없는 첫눈이 남도 지방의 불을도에 수북이 쌓였다. 사람들은 모처럼 찾아온 풍성한 눈 세상을 반가워했다. 아이들은 신이 나서 골목길을 싸다니며 눈싸움에 정신이 팔렸고, 어른들은 서로서로 도와가며 자기 집 마당과 고샅길의 눈을 치우느라 떠들썩했다. 정초에 큰 눈이 오면 풍년이 들 징조라고, 아침 까치들처럼 재잘거리며 덕담을 나누었다.

햇살이 퍼질 무렵, 마을 뒷산 언덕에는 연날리기가 한창이었고 선창가의 넓은 마당에서는 마을굿이 열리고 있었다. 샘굿과 도청굿을 마친 두레패들이 타작마당으로 내려와 한바탕 신명 나게 풍물놀이를 벌였다. 상쇠 영감이 꽹과리를 치며 쇠가락을 읊조리고 하얀 바지저고리에 청, 황, 홍, 삼색 띠를 두른 풍물패들이 북 장고 소고

벅구를 치며 흥을 돋우었다. 새미들은 날렵한 동작으로 땅 짚기 춤을 추고 소고잽이는 신기에 가까운 재주로 긴 상모를 돌리며 버꾸춤을 췄다.

풍물패들의 고깔에 달린 오색종이 꽃과 설빔을 차려입은 구경꾼들이 한데 어우러져 모처럼 세상은 온 누리에 봄꽃이 활짝 피어난 듯 눈부셨다.

한바탕 풍장을 치며 놀던 매구패들이 영기, 농기, 서낭기를 앞세우고 가가순방을 위한 길놀이에 들어갈 즈음, 타작마당에서 가까운 천손의 집에서는 곧 들이닥칠 두레패를 맞이할 준비에 여념이 없었다.

어머니와 큰누이는 고삿상을 차리느라 정주간을 들락날락하고 작은누이는 정화수를 길러 마을 뒤쪽 까치샘으로 갔다. 천손은 두레패들이 들어오기 쉽도록 사립문과 마당 가의 눈을 말끔히 치웠다.

눈을 치우면서도 그는 아까부터 계속 뇌리를 간질이며 가슴을 조여 오는 한 가지 생각에 골몰하고 있었다. 정오쯤 이른 점심을 먹고 죽마고우 철곤, 병석과 함께 진두바위산으로 토끼몰이를 나가기로 되어 있었다. 그 계획은 며칠 전부터 이미 잡혀 있었고, 눈이 와서 더욱 여건이 좋아졌다.

그런데 오래전부터 손톱 밑의 반달 모양으로 조금씩 솟아오르기 시작한 한 가지 생각이 아침에 눈을 뜨고부터는 감당하기 힘들 정도로 훌쩍 커져 있었다.

'안 돼, 정초부터 분이를 만나러 간다는 걸 알면 주변에서 얼마나

말들이 많을까.'

수없이 도리질을 해봤지만 한번 마음속에 자리 잡은 갱엿 같은 달콤한 유혹은 그 어떤 노력에도 소용이 없었다. 이번에도 역시, 동무들과의 약조를 뒤집는 한이 있어도 도저히 그냥 뭉개거나 떨쳐 버릴 수 없겠다는 생각이 들었다. 식구들이 알면 어떤 원망과 질책이 따를지 불을 보듯 훤하고, 한편으론 몹시 면구하기도 하지만, 그 또한 고삐 풀린 말처럼 줄달음치는 마음 앞에선 어쩔 도리가 없었다.

천손은 기회를 엿보다가 매구패가 마당굿을 하러 시끌벅적하게 풍장을 치며 집 안으로 몰려드는 틈을 타서 슬쩍 사립문을 빠져나왔다. 돌담길을 돌아 나오다가 감나무 가지에 미리 걸어 놓은 봇짐도 얼른 챙겼다.

누가 볼까 저어하며 잰걸음으로 선창을 향해 달리는데 등 뒤에서 뒷덜미를 낚아채듯 누군가 꽥 소리를 질렀다.

"야, 야! 김천손, 너 지금 어디 가냐. 우리 내팽개치고 또 적포(적진포)로 내빼는 거냐? 오늘 눈도 왔겠다, 토끼몰이하기 딱 좋은 날인데… 너 어서 못 돌아오겠나? 응? 어서, 어서 돌아오란 말이다, 임마!"

천손은 돌아보지 않고도 목소리의 주인공이 누군지 알고 있었다. 그는 가던 걸음을 더욱 빨리하면서 어깨 위로 손을 올려 좌우로 살랑살랑 흔들었다. 짐짓 잘 다녀오겠으니 그만 포기하란 뜻이었다. 마치 놀려먹듯 손을 흔들어대는 천손을 향해 병석은 어이가 없다는 듯 주먹을 치켜들고 천손을 향해 한 방, 크게 날리는 시늉을 했다.

그러거나 말거나 천손은 곧장 선창 끝에 매어둔 자기네 배로 향했다. 병석에게 붙잡히면 꼼짝없이 되끌려 가야 할 판이었다. 선창 끝에 이르기 무섭게 그는 재빨리 밧줄을 풀고 배에 올랐다. 삿대로 힘껏 갯바닥을 밀어 배를 반쯤 돌리는데 병석의 등 뒤에 철곤이까지 바짝 따라붙고 있었다. 두 동무에게 은근히 미안한 마음이 들었지만 포기할 수는 없었다. 닭 쫓던 개 지붕 쳐다보듯 천손을 바라보며 엿주먹을 날리는 두 동무를 향해 천손은 계면쩍게 빙긋 한번 웃어 보였다.

두 동무는 그저 선창가에 멍하니 섰다가 배가 방화도 근처에 이를 무렵 어쩔 수 없다는 듯 발길을 돌렸다.

순풍에 돛을 올리고 노대를 잡으니 마음이 한결 진정되었다. 가쁜 숨을 고르며 하늘을 올려다보니 기바리 방패연 하나가 그의 머리 위를 날고 있었다. 아마도 연싸움을 하다가 실이 끊겨 해방자 신세가 된 듯한데 어쩌면 집안 식구들 몰래 혼자 도망하는 자신의 모습 같다는 생각이 들었다.

'어쩔 수 없구나, 내 마음을 나도 잘 모르겠다. 정초부터 꼭 이래야만 하는 건지. 하지만 우리 분이 말고는 아무도 내 눈에 들어오지 않는 걸 어떡하냐. 철곤아, 병석아!'

견내량을 지나, 지도 너머로 노를 저어가는데 눈 덮인 하얀 세상과 파란 바다가 대비를 이루어 눈부심을 더욱 부추겼다. 무언가 성스럽고 신비로운 느낌마저 드는 참으로 경이로운 광경이었다.

눈이 그치고 맑게 갠 날씨는 포근했지만 그래도 차가운 해풍에 손발이 시린 건 어쩔 수 없었다. 천손은 이따금 손을 호호 불어가며 부지런히 노를 저었다. 적진포로 가는 길은 언제나 가슴속에 감미로운 설렘으로 가득했기에 먼 길도 고단한 줄을 몰랐다.

적포 마을 선창에 다다랐을 때는 사시 경이었다. 선창에 배를 매어두고 아름드리 느티나무가 서 있는 너른 마당으로 들어서자 풍물 소리가 왁자했다. 여기서도 정월을 맞아 어김없이 동제를 지내고 가가순방을 도는 중인 듯했다. 고샅길로 접어들어 진사댁으로 알려진 큰 기와집 앞을 지날 때, 한창 지신밟기가 진행 중인 풍물패의 모습이 보였다. 대체로 부촌이라 그런지 풍장을 치는 두레패의 규모가 크고 깃발과 복색도 화사했다. 상쇠, 끝쇠, 징, 장구, 북, 날라리, 소고, 법고, 대포수, 새미, 잡색, 농부 등 두레패의 조직이 잘 짜여 있고, 풍물과 고삿소리도 구성지게 들렸다.

활짝 열린 대문으로 많은 구경꾼들이 드나들고, 일부는 고개를 길게 빼고 담 너머를 기웃거리고 있었다. 혹여 분이의 모습이라도 보일까 빠른 눈길로 훑어보았지만 그 나이 또래의 처녀들은 눈에 띄지 않았다. 천손은 잠시 구경꾼 속에 섞였다가 빠져나와 곧장 마을 뒤쪽에 깊숙이 자리 잡은 이모 댁으로 올라갔다.

사립문을 밀고 들어서자 무언가 분주히 움직이는 화도댁의 모습이 눈에 들어왔다. 화도댁은 고사상 차릴 준비를 하느라 부엌을 나서다가 천손을 보고 두 눈이 휘둥그레졌다.

"야야, 네가 여기 우짠 일고?"

천손은 어깨에서 망태기를 내려 장독대에 올려놓으며 겸연쩍게 씩 한번 웃어 보였다. 이모는 천손의 표정을 보고 웃을 듯 말 듯 곱게 눈을 흘겼다.

"정초부터 이렇게 도망치듯 왔나 본데 성이 몹시 걱정하겠다. 집안의 대주가 정초부터 집 밖을 떠도는 게 아닌데."

"곧 돌아갈 겁니다. 엊그제 동무들하고 멧돼지 한 마리 잡았는데 많아서 좀 나누려고요. 분이네 몫도 말린 물꾀기랑 좀 챙겨왔는데 이모가 좀 나누어 갖다 주이소."

천손은 망태기에서 삶은 멧돼지 고기와 마른 물고기 포장 뭉치를 내놓았다.

"그래, 알았다. 별난 음식이 생기니 분이가 생각나던가 뵈, 분이 집 거 소쿠리에 담아 줄 테니 네가 직접 가지고 가거라. 실은 분이가 보고 싶어 온 거 아니냐."

이모는 그렇지 않으냐는 듯 눈을 한번 찡긋해 보이곤 소리 내어 웃었다.

천손은 이모가 내어주는 소쿠리를 받아서 들고 바로 옆집인 분이네 집으로 갔다. 사립문을 들어서자 배롱나무 옆 담장가에서 설빔을 차려입은 처녀들이 널뛰기를 하고 있었다. 열대여섯 명은 족히 되어 보였는데 다양한 색상의 옷 빛깔에 눈이 부셨다. 개중에는 색동저고리를 입은 열 살 안팎의 여아들도 몇몇 섞여 있었다.

때마침 분이의 차례가 되었는지 곧 널 위로 올라간 분이가 한 마리의 새처럼 하늘로 치솟았다. 노랑 저고리에 홍치마를 입은 분이는 어여뻤다. 옛이야기 속의 선녀처럼, 혹은 꽃밭 위를 나는 나비인 양, 그린 듯이 곱고 아름다웠다. 전에 없이 표정도 밝고 즐거워 보였으므로 천손은 모처럼 마음이 흡족했다. 그는 잠시, 넋을 놓고 분이의 모습을 바라보다가 처녀 애들의 시선이 일제히 제 얼굴 쪽으로 몰려들자 퍼뜩 정신을 차렸다. 처녀들은 천손을 흘깃거리며 무슨 말인가 귓속말을 주고받기도 하고 입을 가리고 웃기도 했다.

한 처녀 애가 분이에게 무어라 소리쳐 천손의 출현을 알리는 듯했다. 때마침 공중에서 땅으로 내려앉은 분이가 다음 동작을 멈추고 천손 쪽으로 고개를 돌렸다. 눈이 마주치자 그녀는 몹시 당황하며 널판자에서 내려와 곧장 그에게로 다가왔다.

"무슨 일이여요, 오라버니."

도무지 납득되지 않는다는 듯 분이는 다가와서도 당황스런 기색을 감추지 못했다.

그의 출현을 예사롭지 않다고 느끼는 듯했고, 무슨 불상사라도 생긴 것인지 걱정하는 눈치였다.

"그냥, 보고 싶기도 하고… 마침 엊그제 산돼지 한 마리를 포획했거든. 그게 좀 많아서 이모 댁이랑 같이 좀 나누려고…"

천손은 왠지 죄지은 사람처럼 얼굴이 붉어졌다. 보고 싶은 마음이 절절해서 왔는데 오고 보니 뭔가 철딱서니 없는 짓을 한 것 같아 할 말이 궁색했다.

천손이 우물쭈물하는 사이, 분이는 동무들의 끈적한 관심이 부담스러운지 말없이 천손을 위채 쪽으로 밀어붙였다.

"얼른 큰방으로 가요."

그렇잖아도 분이 아버지에게 문안 인사를 드려야 할 판이었으므로 천손은 순순히 미투리를 벗고 안방 청마루 올라섰다.

분이 아버지는 아랫목에 누운 채로 천손을 맞았다. 천손과 분이는 나란히 분이 아비의 머리맡에 앉았다.

"어르신 좀 어떠신지요?"

아직 혼례를 치르지 않은 예비 장인인지라 빙장어른이라 부르지 않고 어르신이란 호칭을 썼다. 분이 아버지는 몸을 일으키려고 상체를 약간 들었으나 어림없어 보였다. 갈수록 병세가 회복되기는커녕 더 심해지고 있는 듯했다. 전보다 얼굴빛이 창백하고 수척해 보였다. 한창 집안을 건사할 비교적 이른 나이에 몸져누운 탓인지, 낯빛에 깊은 한이 배어 있었다. 천손은 분이 아비를 부축하여 다시 자리에 편히 눕혔다.

"내가 더 좋아지기는 틀린 것 같네. 이렇게 여러 사람 고생만 시키고… 우리 분이 좀 빨리 데려가게. 이 아이가 얼마나 자네를 따르는지 잘 알고 있지 않나. 내가 죄인이다, 죄인이야. 내가 빨리 죽어야 우리 분이가 하루라도 편히 숨을 쉬고 살낀데… 아무튼 산 사람은 우짜든지 살게 되어 있네. 여기 걱정은 말고… 우선 빨리 혼례식을 올리도록 하게나."

"예, 걱정마십시오, 올가을에는 어떤 일이 있어도 꼭 식을 올리도록 하겠습니다."

예비 옹서지간에 몇 마디 말을 주고받는 사이, 분이는 옷고름으로 눈물을 찍어대다가 감정이 복받치는지 훌쩍 밖으로 나가버렸다.

천손은 분이 아비의 앙상한 손을 어루만지며 갈수록 병색이 짙어가는 그의 피폐한 모습을 안타까워했다. 마음 같아선 분이네 가솔들을 모두 데리고 불을도로 갈 수만 있다면 얼마나 좋을까 싶었다. 천손이 분이의 아비와 몇 마디 위로의 말을 더 나누다가 청마루로 나와 보니 그새 처녀들은 다 흩어지고, 분이의 모습도 보이지 않았다. 대신 청마루에 홀로 우두커니 앉았던 분칠이 방에서 나오는 천손을 맞았다.

분칠은 천손이 누군가를 찾는 듯한 눈치를 보이자, 널 뛰던 처녀들은 풍물패를 구경하러 몰려갔고, 분이는 뒤꼍으로 갔다고 알려주었다. 분칠은 천손을 좋아했다. 군것질거리며 귀한 찬거리를 갖다주기도 하고, 말동무며 힘든 집안일도 말없이 척척 해주고 가는 천손이 언젠가 자기 매부가 될 거란 것을 누구보다도 간절히 바라고 있었다.

분이는 홀로 뒤꼍의 감나무 밑을 서성이고 있었다.

"나 이제… 그만 가봐야 할 것 같네. 곧 날이 저물 것 같아서."

해가 기울기 시작한 하늘을 한번 올려다보고 나서 천손은 아쉬움을 털어내지 못한 가라앉은 목소리로 말했다.

"이렇게 잠시 얼굴만 비치고 갈 것을 뭐하러 예까지…."

분이는 그때까지 울고 있었던 듯 코맹맹이 소리를 했다.

천손은 말없이 다가가 그녀를 꼭 껴안았다.

"올해는 무슨 일이 있어도 우리 꼭 혼례를 치르자. 내가 더는 못 견딜 것 같다. 이러다 정말 지레 말라 죽고 말 것만 같아.

분이는 고개를 주억거리면서도 계속 옷고름으로 눈물을 훔쳤다. 가슴이 아렸지만 금방 날이 저물 것이기에 기어이 발길을 돌리지 않을 수 없었다.

분이는 선창가 타작마당까지 십여 보 정도 거리를 유지하며 그림자처럼 뒤따라왔다. 특별히 무슨 할 말이 있었던 건 아닌 듯했다. 마을 사람들 눈길을 의식해서 조용히 뒤따라와선 느티나무 둥치에 기대어 서서 떠나가는 천손을 말없이 지켜보기만 할 뿐이었다. 천손이 한 바다로 나아가 보이지 않을 때까지 그녀는 그런 자세로 쉽사리 발길을 돌리지 못했다.

그렇게 서로 헤어진 지가 벌써 두어 달이 지나가고 있었다.

2. 어떤 징후

　봄 들녘의 아지랑이처럼 바다에도 봄기운이 살랑대고 있었다. 어느새 날이 저물어 천손은 서둘러 주낙을 내리기 시작했다. 섬과 섬 사이의 물굽이마다 노을이 물들어 붉은 비단을 깔아놓은 듯하더니, 서서히 붉은 빛이 스러지면서 암자색 장막 속에 갇혀버렸다. 두억 포구를 에워싸듯 둘러친 섬들은 이제 풀밭에 엎드린 양들처럼 편안한 자세로 드러눕는다.

　바다에 먹빛이 스며들고 누군가의 숨결 같은 한줄기의 바람이 어깨를 스친다. 천손은 그 한 줄기 미풍조차 분이의 숨결인 양 느낀다.

　분이는 지금 무엇을 하고 있을까.

　언젠가 분이와 나누었던 대화가 너무도 생생히 귓속을 파고든다.

　"오라버니, 오라버니를 은애하는 이 마음은 대체 어디서 온 것일까. 지금 내 처지가 도저히 맺어질 수 없는 것인데도 자꾸만 미련스럽게 오라버니를 향해 달려가는 이 마음을 어떻게 해야 좋을지 모르겠어요. 왜 우리가 사는 이 세상은 앞을 가로막는 장애물들이 그렇게 많은지. 마음이 가는 길과 실제로 가는 길이 왜 이렇게 달라야 하는 것인지. 이런 게 모두 다 하늘이 사람들 앞앞이 내린 업보 같은 것인지….”

천손은 딱히 무어라 분이를 납득시키고 설득할 말이 떠오르지 않았다. 다만, 이 모든 것이 하늘이 사람들에게 내린 운명이나 업보 같은 건 아닐 거란 생각이 들었다.

“분이야, 그건… 그건 말이다. 우리의 탓도 우리 부모의 탓도 아니고, 하늘의 탓도 아니다. 다만 우리의 미래를 가로막는 것이 무엇이든 간에 거기에 굴하지 않고 하나하나 헤쳐나가다 보면 언젠가는 우리가 소망하는 바를 이룰 수도 있지 않겠느냐.”

“오라버니, 우리가 끝내, 한 이불 덮고 자는 가시버시가 될 수 있을까요. 시간이 흐를수록 자꾸 오라버니에게 죄를 짓는 것만 같고, 오라버니의 사람이 되겠다는 욕심이 강해질수록 이토록 오라버니를 계속 힘들게 해서야 되나? 하는 의문도 더 강하게 고개를 쳐드는 걸 어떡해요.”

먼 허공을 응시하는 분이의 새치름한 눈빛은 어둠 속을 배회하는 한 마리의 반딧불이처럼 적막해 보였다.

천손은 일손을 놓고 견내량 너머 적포 마을 쪽으로 시선을 보낸

다. 견내량 너머에는 이미 노을빛이 스러지고 짙은 물안개가 검은 장막을 이루고 있다. 천손은 무언가 아릿하고 답답한 마음으로 멍하니 적포 쪽을 바라보고만 있다.

그때, 암자색 물안개를 뚫고 무언가 큰 날짐승 한 마리가 날아오른다. 독수리 같기도 하고 전설 속의 붕새 같기도 한 엄청나게 큰 새다. 큰 날개를 휘저으며 이쪽을 향해 빠르게 다가오는 그 날짐승을 바라보는 천손의 두 눈이 화등잔처럼 커진다.

얼마 후, 그 새는 곧장 천손의 머리 위로 날아와 날카로운 발톱을 세우고 크게 원을 그리며 빙빙 돈다. 커다란 날개가 머리 위를 덮치면서 하늘이 캄캄해지고 먼바다에서 태풍이 불어오듯 큰바람이 인다. 바람은 점점 드세어져서 몸을 가누기가 힘들 정도다. 천손은 가까스로 몸을 가누고 하늘을 올려다본다. 눈앞이 빙빙 돌면서 몹시 어지럽다. 그런 와중에도 공중에서 누군가의 다급한 비명이 들려온다.

"오라버니, 살려줘! 나 무서워 죽겠어. 어서 구해줘!"

놀란 눈으로 다시 보니 머리 위의 새는 역시 어마어마하게 큰 독수리였다. 독수리는 투박하고 날카로운 발톱으로 분이를 그러쥐고 황갈색 눈알을 굴리며 매섭게 천손을 노려본다. 천손은 숭어 몰이를 하려고 뱃전에 모아둔 돌멩이를 집어 독수리를 향해 힘껏 던진다. 돌멩이는 독수리의 머리를 살짝 비켜 가고, 놈은 더욱 큰 바람을 일으키며 하늘 높이 날아오른다.

그때, 독수리의 발밑에서 무언가가 툭 떨어져 내린다. 두 눈을 모들 뜨고 자세히 보니 바다를 향해 추락하는 것은 다름 아닌 분이였다. 천손은 분이가 추락하는 지점을 향해 황급히 노를 저어 간다. 죽을힘을 다하여 다가가서 건지를 뻗어 보지만 왠지 분이는 갈고리 끝에 잘 걸리지 않고 자꾸 떠내려가기만 한다. 살려달라는 분이의 애처로운 비명에 가슴이 찢어질 듯한데 분이는 물결에 휩쓸리며 점점 더 멀어져간다.

다급해진 천손이 바다로 풍덩 뛰어든다. 힘껏 헤엄을 쳐 다가가서 분이의 옷자락을 한 손에 거머쥐려는 찰나, 다시 하늘이 캄캄해지면서 큰바람이 인다. 동시에 멀리 날아간 줄 알았던 독수리가 나타나 분이를 낚아챈다.

"안 돼!"

천손은 분이의 옷자락을 거머쥐고 놓치지 않으려고 몸부림을 친다. 그러나 천손이 그러쥔 분이의 옷자락이 북북 찢어지고 독수리는 분이를 차고 어둠 속으로 유유히 사라진다. 분이가 사라진 검은 하늘에 하얀 눈썹달이 떠서 천손을 애처롭게 내려다본다. 천손은 발을 동동 구르면서 울고 주먹으로 뱃전을 치면서 통곡하다가 어느 순간, 설핏 잠에서 깨어났다. 깨고 보니 꿈이었다.

분이에게 무슨 일이 난 건 아닐까. 왜 이렇게 마음이 불편하고 불안할까.

분이를 생각하면 늘 두 가지 마음이 교차했다. 구름 사이로 보름

달을 보듯 그립고 반가운 얼굴이지만 또 한편으론 큰 돌이 가슴을 짓누르듯 마음이 무거웠다. 그녀는 태어나서 어머니 품에 있던 유아기를 제외하곤 한 번도 편안한 시간을 가져본 적이 없었다.

어머니가 산고로 숨진 이후로 그녀는 홀아비의 손에서 자랐다. 채 철이 들기도 전에 물 길어 밥 짓고 빨래하고 고사리손으로 바느질까지 해야 했다. 자라면서 논밭의 김을 매고 아버지를 도와 추수도 거들어야 했다. 그녀의 나이 열여섯에 아버지가 갑자기 중풍으로 몸져눕게 되자 그녀의 일상은 더욱 팍팍하고 힘겨워졌다. 여염집 남정네가 하는 모든 일을 그녀 혼자 감당할 수밖에 없었고 그 딱한 상황이 지금까지 삼년째 이어져 오고 있는 터였다.

하루라도 빨리 그 버거운 노동에서 벗어나게 해주고 싶은 마음, 그지없으나 그러지 못하는 현실이 너무나 안타깝고 원망스러웠다.

천손은 주낙을 손질하여 배에 실으면서 생각했다.

오늘은 고기가 많이 잡히든 적게 잡히든 꼭 적포로 노를 저어 가봐야겠다고.

하지만 그것도 그리 간단치만은 않은 일이었다. 적포까지는 너무 멀고 아버지가 병석에 몸져누운 뒤로 집안의 생계가 그의 두 손에 달려 있었다. 게다가 근자에 와선 어머니가 분이를 만나러 가는 것을 노골적으로 만류하고 있었다. 혼인을 약조하고도 이행할 수 없는 난관이 계속되던 차에 어머니가 만복사 주지 스님에게 재차 궁합을 보고 나서 또 다른 문제가 불거진 것이었다.

만복사 주지승은 두 사람의 사주를 보고는 대뜸 재성(財星)과 관성(官星)이 충돌하는 사주로서 합일(合一)이 성사되기 힘든 운세라고 말했다고 한다. 둘 사이에 원진살(元辰殺)이 끼었는데 혼인 전에 벌써 파탄이 나거나 그렇지 않으면 두 사람 다 신상에 큰 해를 입을 운세라는 것이었다. 반면 이처럼 신살(神煞)에 해당하는 운은 그 액운의 시기만 잘 넘기면 서로 받들고 상부상조(相扶相助)하는 운세로 돌아서서 집안이 크게 융성하게 되기도 한다는 것이었다.

천손은 원래 미신 같은 걸 잘 믿지 않는 성품이었다. 누가 사주 관상에 대해서 얘기하면 나쁜 말은 귓등으로 흘려듣고 좋은 말만 받아들이곤 했다. 이번에도 하나뿐인 외아들에게 무슨 큰 재앙이라도 닥칠까, 크게 근심하는 어머니를 달래어 안심시키느라 한동안 애를 먹어야 했다. 전에 본 궁합이 좋았듯이 보는 사람마다 점괘나 사주 풀이가 달라질 수 있으니 좋은 쪽으로 받아들이면 다 좋은 거라고 말했다.

어머니는 긴가민가하면서도 못내 꺼림칙한 마음을 깨끗이 털어내지는 못했다. 이번 궁합뿐만 아니라 돌아가는 여러 사세로 볼 때, 분이와의 인연은 희망이 없으니 그만 접고 다른 혼처를 알아보는 것이 좋지 않겠느냐고 했다. 물론 천손은 단호히 거부했지만, 분이에 관한 한 매사에 어머니의 눈치를 조심스럽게 살피지 않을 수 없었다.

하여, 천손은 분이가 못 견디게 그리우면 그 먼 길을 식구들 몰래 손이 부르트도록 노를 저어서 얼른 다녀와야 했다. 그러고 나면 또 짧은 만남이 아쉬워 금방 목 안에 딸꾹질 같은 갈증이 솟구치곤 했다. 게다가 신년 들어서는 더욱 바빠졌다. 성체가 된 말을 군에 납품하고 다시 종마 다섯 필을 거두어 새 우리에 적응시켜야 했고, 봄부터 본격 조업에 나설 주낙 정비와 그물 손질도 해야 했다.

이렇게 여러모로 바빠진 데다 어머니마저 적진포행을 탐탁잖게 여기다 보니 삼월 삼짇날에 번갯불에 산봉우리 스치듯 잠시 한번 다녀오고는 아직 짬을 못 내고 있었다.

'혹시 적진포에 왜구들이 들이닥친 건 아닐까?'

왜구들이 포구 마을에 들이닥쳐 사람을 살상하거나 아녀자들을 잡아가는 경우가 가끔 있었다. 한 해 전부터 먼발치에서 이따금 흉흉한 소문이 들려오기도 했다. 왜구의 해적질이 아니라, 왜국으로부터 아주 큰 난리가 터질 조짐이 있다는 것이었다. 그러나 그 소문은 실체가 분명치 않은 막연한 풍문일 뿐, 근자에 와선 어디 어디 마을에 왜구가 쳐들어왔다는 말을 들어 본 적이 없었다.

'그새, 설마 분이에게 무슨 안 좋은 일이 있었을라구.'

천손은 불길한 마음을 애써 털어내며 아쉬움에 찬 시선을 거두었다.

3. 무비유환(無備有患)

임진년 4월 중순이었다.

산천에 봄꽃이 만발하고 들녘에 모내기가 한창인 따뜻한 봄날, 온 나라가 잠자듯 고요한 조선 반도에 한줄기 매서운 광풍이 불어닥쳤다. 바다 건너 왜국으로부터 불어온 뜨거운 칼바람이었다. 염소들이 한가로이 풀을 뜯는 고요한 들판에 난데없는 들개 떼의 습격 같은 전쟁, 전쟁이 일어난 것이었다.

섬 오랑캐라고 깔봤던 왜국은 의외로 강했다. 66개 소국을 칼로 통일하고 서구로부터 댓보(조총)란 신형무기를 도입하여 막강한 무력을 축적한 상태였다. 일본의 태합, 풍신수길은 작고 볼품없는 외모에 과대망상에 가까운 욕심을 지닌 사내였다. 들끓는 웅심을 속에 가두지 못한 풍신수길은 넘쳐나는 야욕을 주체하지 못하고 마침내 발광하기 시작했다. 그가 뿜어내는 광기는 남의 땅을 함부로 침범하고 멸하는 데 이골이 난 무차별적 살기를 내포하고 있었다.

사실, 그는 누가 봐도 일국을 무력으로 다스리는 장수로 보기 힘들 만큼 볼품이 없었다. 게다가 문자가 서툴고 공맹의 도를 모르는 무식쟁이였다. 흡사 일본원숭이를 닮은 그가 금빛의 화려한 가마에 올라앉아 거드름을 피우는 모습은 마치 몸에 맞지 않은 남의 옷을 빌려 입고 팔자걸음을 걷는 광대 같았다.

하지만 그 작은 체구에도 불구하고 남의 나라를 침범하여 발밑에 꿇리려는 정복욕만큼은 타의 추종을 불허했다. 그의 목적은 조선을 정복하고 5도로 나누어 분할 통치하는 것이며, 최종 목적지는 조선 반도를 넘어 명나라까지 진출하는 것이었다.

반면, 조선 조정은 아직도 꿈길을 헤매고 있었다. 10여 년 전, 나라의 기세가 극도로 허하여 큰 위기가 닥칠 듯하니, 10만 양병이 꼭 필요하다는 율곡의 선견지명이 있었지만 불행히도 묵살되고 말았다.

두 통신사가 일본을 다녀왔을 때도 당파에 따라 왜국을 보는 눈은 양분되었다. 풍신수길의 용모에 대해서는 보는 눈이 같았지만, 그 속을 들여다보는 안목은 각각 달랐다. 정사 황윤길은 풍신수길의 외모가 비록 원숭이처럼 왜소하고 볼품없지만, 눈빛이 총기로 빛나고 매서운 살기로 번득이는 위태한 인물이더라고 했다. 반면, 부사 김성일은 그 왜소한 체격에 쥐방울 같은 눈으로 무슨 큰일을 하겠느냐고 얕봤다.

조정은 믿고 싶은 것만 믿었다. 전쟁을 원하지 않는 만큼 풍신수길이 전쟁을 일으킬 만한 인물이 못 된다는 말에 방점을 찍고 달게 받아들였다. 오히려 백성들의 동요를 막아야 한다며 도 단위마다 축조하던 성곽 공사마저 중단시켜버렸다.

사실상 왜가 조선을 치려 한다는 말은 일본 사신 다치바나 야스히로란 자의 입에서 처음 나왔다. 그 후로도 매년, 일본 사신들의 입을 통해 같은 말이 흘러나왔다.

"우리 일본이 조선을 치려고 하는 것은 명나라가 일본의 조공을 거절했기 때문이다. 조선이 명나라에 간청하여 대명 조공의 길을 터주면 조선은 전쟁을 면할 수 있을 것이다."

딴은 그럴듯했지만 이 말은 진심이 아니었다. 대화가 계속되자 왜국 사신은 대명 조공과 관계없이 조선을 침략하게 될 것이란 말을 은근히 실토했다.

명분이야 어떠하든 탐욕으로 가득한 풍신수길의 심중에는 이미 조선 정복에 대한 밑그림이 다 그려져 있었다. 그는 진작부터 조선 땅을 백국, 적국, 청국, 황국, 흑국으로 찢어 막부의 공신들에게 나누어 줄 계획을 세워놓고 있었다.

이웃 나라로부터 이렇게 태풍이 몰아칠 조짐을 보이고 있었지만 조선 조정은 아직도 꿈에서 깨어나지 못한 듯 태만하고 태평스러웠다. 난리는 하늘이 부르는 것이 아니라 사람이 부른다는 말이 있듯이 조정은 자율적 방위는 뒷전이고 당쟁에만 열중하고 있었다. 불행히도 조선 조정 스스로가 울타리를 낮추어 도적의 침입을 돕는 부역자 역할을 하고 있었던 셈이었다.

도를 넘는 당쟁은 국론의 분열을 넘어 백성들의 삶까지 분열시켰다. 서로를 질시하고 죄악시하는 과정에서 죄 없는 사람들이 역적몰이의 희생물이 되어 피를 흘리며 죽어갔다. 정여립을 역모로 몰아가는 과정에서 남녀노소 가리지 않고 1,000여 명이 목숨을 잃었다. 추국장에서 들려오는 비명이 대궐의 처마를 뒤흔들고 밤에는 귀신울음소리를 방불하는 곡성이 대궐 밖으로 새어 나왔다. 추국장에서 문초하는 위관도 눈물을 삼키며 이를 악물어야 했다. 이를 바라보는 백성들의 원성이 하늘을 뒤덮고 땅을 흔들어도 아랑곳없었다.

언제부턴가 종로의 밤거리에는 등등곡이란 괴상한 노래가 유행했다. 반상과 남녀노소를 불문하고 떼를 지어 몰려다니며 미친 듯 노래하고 춤을 추며 걸인이나 광인 흉내를 냈다. 꽹과리를 치면서 난잡한 유희를 벌이는가 하면 때로는 귀신처럼, 짐승처럼 포효하며 울부짖기도 했다. 양식 있는 사람들은 가히 말세적 징조라며 혀를 끌끌 찼다.

왜적은 3개 선단에 병력을 나누어 싣고 차례로 조선 땅에 들어왔다. 4월 14일 새벽, 선봉장 고니시 유키나가의 군사, 19,000여 명이 맨 먼저 부산 땅에 상륙했다.

적의 진군은 예상보다 훨씬 강하고 빨랐다. 왜가 상륙한 다음 날 부산진이 함락되었다. 부산진성의 관군과 백성들이 돌과 열탕을 퍼부어가며 결사 항전했지만, 반나절 만에 무너졌다. 다음으로 이웃의 동래성이 무너졌다. 동래부사 송상현 역시 성내의 백성과 군사들을 이끌고 분투했지만 막강한 병력과 조총의 위력을 당해내지 못했다. 공성에 이골이 난 적은 달무리처럼 성을 에워싸고 저항이 느슨한 사각지대를 집중공략 했다.

제승방략에 의한 지원군은 오지 않았다. 결국 우수한 화력을 지닌 적의 교묘한 공성 작전에 성은 한나절을 못 버티고 함락되었다.

이후로 조선 관군은 왜적의 발길이 닿는 곳마다 풀숲의 메뚜기 떼처럼 흩어져 달아났다. 경상좌병사 이각과 경상감사 김수는 왜적이 밀고 올라오자 활시위 한 번 당겨보지 않고 임지를 버리고 도망쳤다. 왜적은 죽령, 조령, 추풍령을 통해 거침없이 북상했다. 조총을 든 왜병은 삵처럼 빠르고 매서웠으며, 전투가 시작되면 땅벌처럼 죽기 살기로 달려들었다. 성질도 잔혹하여 민관군 할 것 없이 닥치는 대로 도륙하거나 잡아갔다. 왜적이 거쳐 간 마을은 순식간에 화마에 휩쓸린 듯 초토화되었다.

왜적은 마치 산천에 봄꽃놀이를 가듯 유유자적 북상했다. 조선 관군의 산발적인 저항은 있었지만, 발아래 작은 돌부리에 지나지 않았다. 조정의 명을 받은 순변사 이일이 상주에서 농민군 8백여 명으로 맞섰으나 곧 맥도 못 추고 궤멸되었다. 경상우병사, 조경은 추풍령을 지키려고 거창으로 가던 중, 구로다 나가마사의 선발대와 맞붙었다. 돌격장 정기룡이 선전했으나 적의 본대가 밀려들자 수적 열세를 감당하지 못하고 와해되었다.

왜적들이 조령, 죽령, 추풍령을 넘어 줄줄이 북진하고 있다는 소식을 접한 조정은 신립을 내세웠다. 조선 제일의 명장으로 꼽히는 신립에게 왕의 상방검과 함께 특명을 내리면서 기필코 왜적을 박살내어 달라고 간곡히 당부했다. 조정은 신립에게 종사관 김여물(金汝㳞)과 함께 8천여 병력을 징집하여 딸려 보냈는데 사실상 이 방어벽이 최후의 보루요, 마지막 저항선이었다.

신립은 여진족 정벌에서 이름을 떨쳤던 큰 장수였던 만큼 담력이 크고 자만에 차 있었다. 그는 조령을 차단하는 것이 급선무라고 충언하는 종사관의 말을 무지르고 단양의 남한강변에 배수진을 쳤다. 비록 수적으론 열세지만 기동성이 뛰어난 기병을 가진 만큼 평지가 유리하다는 게 이유였다. 북방에서 기병으로 여진족을 상대한 경험 때문이었지만 원거리 집중사격이 가능한 왜적이 여진족에 비해 치명적인 파괴력을 지녔다는 걸 간과했다.

왜적은 일단 전투가 벌어지면 먼저 댓보로 집중 사격을 하고 다시 장전하는 사이 궁조가 활을 쏜다. 이렇게 반복적인 공세로 상대가 제압되면 장교가 긴 창을 든 장병을 지휘하여 돌격한다.

왜적이 사방에서 포위망을 형성하고 조총을 쏘며 사위를 좁혀오자 조선의 기병들은 수없이 거꾸러졌다. 사방에서 빗발처럼 날아드는 총탄에 기병들은 우왕좌왕 어쩔 줄을 몰랐다. 신립은 적의 포위망을 뚫기 위해 온갖 수단을 다 써봤으나 갈수록 말과 함께 거꾸러지는 희생자만 늘어갔다. 도저히 전세를 뒤집을 수 없게 되자 신립은 결국, 강물에 투신하고 말았다.

다급해진 임금은 도성을 버리고 몽진길에 올랐다. 임금의 마차는 가랑비에 젖어가며 개성을 향해 느리게 행진했다. 아무도 입을 떼는 이가 없었고, 어가행렬은 마치 몰락한 여염집의 운구행렬을 방불했다.

무악재에서 어가는 잠시 쉬어가기 위해 발을 멈추었다. 임금은 말 등에서 내리기 전에 자신도 모르게 떠나온 도성을 뒤돌아보았다. 그러다가 갑자기 현훈증을 느낀 듯 손으로 머리를 짚고 휘청거렸다. 놀란 신하들이 달려들어 임금을 부축해서 안아 내렸다.

그때, 누군가 소리쳤다.

"저것이 대체 무엇이요? 저 엄청난 연기와 불길을 보시오. 저건… 저건… 아무래도 도성이… 도성이 불타는 화염이 아니오?"

대소신료와 비빈들은 일제히 도성 쪽을 바라보며 벌린 입을 다물지 못했다. 아직 왜적이 당도할 시간은 아니었다. 그렇다면 누군가 몽진하는 임금에게 불만을 품고 궁궐에까지 불을 지른 것일까. 말 없는 가운데 신료들은 막연히 짐작하며 한숨들만 푹푹 내쉬었다.

4. 전라 좌수사 이순신

조선 조정이 왜국의 침공에 대해서 방심하고 있는 사이, 오직 한 장수만이 만약의 사태에 대비하여 국방에 열과 성을 다 쏟고 있었다.

전란 발발 불과 1년 전에 정읍현감에서 무려 7단계나 뛰어넘어 전라 좌수사로 부임한 이순신이었다.

이순신은 손자병법이나 육도삼략 같은 고전 병서는 물론 좌의정 유성룡이 보내온 『증손증수방략』도 완독하여 충분히 병법을 연구하고 익혀두었다. 손자병법에 나오는 "지피지기면 백전불태"란 구절은 병법의 기본이었다. 전투에 임할 때는 먼저 적의 세력과 움직임을 미리 파악하고 철저한 준비와 치밀한 작전을 세운 연후에 발진해야 한다는 뜻으로 받아들였다.

이순신이 보기엔 아무래도 지금의 해상방위전략에는 문제가 있는 듯했다. 전쟁 발발 조짐이 눈앞에 까발려진 골패짝처럼 가시화되던 4월 초, 조정이 야전군 지휘관들에게 하달한 방위전략은 지상전 위주의 수세 전략이었다. 왜가 섬나라인 만큼 해상전투에는 강하고 육전에는 약할 거라고 판단했기 때문이었다. 반대로 조선은 상대적으로 해전에는 약하고 육전에는 강할 것으로 내다봤다.

한때 이순신은 함대를 한곳에 결집시켜, 적의 침략에 맞서는 현존함대 결전이란 전략을 내세웠지만 조정은 받아들이지 않았다. 오히려 4월 초, 지상군 위주의 수세 전략에 따라 수군 장졸들은 모두 지상 방어에 임하라는 조정의 명령이 하달되었고 수군들은 해상을 포기하고 뭍으로 올라갔다. 다만 이순신은 육지와 바다, 그 어느 쪽도 포기해선 안 된다고 강력히 간청하여 전라좌수영 서쪽 지역만은 해상 방어를 계속하게 되었다.

유성룡이 이순신을 천거한 것은 결코 지연(地緣)이나 정실(情実)인사가 아니었다. 이순신은 공과 사를 분명히 가릴 줄 아는 사람이었다. 성품이 사려 깊고 나라와 백성을 생각하는 마음 또한 남달랐다. 유성룡이 그를 천거한 데는 두 가지 분명한 이유가 있었다.

첫째는 장재로서 갖춘 능력이 충분함에도 지나치게 곧고 결백한 성품 때문에 상사들의 눈밖에 벗어나 진급이 늦어진 점, 두 번째는 왜적의 내침이 점점 가시화되는 마당에 장차 전란의 한 귀퉁이를 맡을 적임자로 그만한 사람이 없다고 판단한 때문이었다. 북변 시절, 여진의 두 번째 우두머리 우을내기를 생포하여 오랜 갈등과 환란을 종식시키고도 상사의 모함으로 오히려 불이익을 당한 것을 그는 늘 가슴에 담아 두고 마음 아파했다.

유성룡은 전쟁이 없을 거란 조정의 최종 판단에도 불구하고 사적으로는 황윤길의 병화론을 믿고 있었다. 더욱이 통신사의 종사관으로 다녀온 황진을 만나본 뒤로는 일본의 조선 침공을 거의 확신하기에 이르렀다. 황진은 통신사절단 중에서 유일한 무장이었고 가장 밀접하고 예리한 시각으로 일본의 군사적 현실을 눈에 담아온 사람이었다. 그는 동북현감으로 부임하는 길에 유성룡의 서찰을 지니고 좌수영에 들렀다. 서찰의 내용은 왜가 곧 전쟁을 일으킬 것 같다는 강한 암시와 함께 여러 가지 조짐들을 나열하고 있었다.

이순신은 이때, 황진으로부터 일본의 침공 가능성에 대해서 보다 생생한 얘기를 들을 수 있었다. 그는 남만으로부터 들여왔다는 조총이란 신식 무기의 위력이며, 그동안 몰라보게 강해진 일본의 무력에 관해서 얘기했다. 100년 가까이 전국시대를 거치는 동안 일본의 무력은 시위를 당긴 활처럼 팽창하고 서구와의 상거래로 물자도 풍족하더라 했다. 또한 왜병은 칼솜씨가 좋아서 귀신같이 칼을 휘두른다고 했다. 양쪽이 맞붙으면 칼로는 조선군 열 명이 왜병 한 명 당해내기도 버거울 거라 했다. 그들에겐 칼이 곧 권력과 부를 창출하는 도구이자 세상을 개척해 나가는 힘의 원천이라 했다. 칼을 들면 오로지 승부에만 집중하고 패배를 수치로 여겨 죽음과 맞바꾸는 지독한 놈들이라 했다.

이순신은 황진을 만난 이후로 더욱 전란에 대한 대비를 서둘렀다. 가장 시급한 게 전선을 운용할 군사를 확보하는 문제였다.

　이순신은 부임하자마자 좌수영 내의 전선과 군사들의 머릿수부터 실사했다. 배는 낡아 당장 움직일 수 없는 것이 태반이었고 군사들의 숫자는 엉터리였다. 병적에 기록된 명단은 600여 명이었으나 실제로 전투에 투입할 수 있는 인력은 불과 300여 명 정도에 지나지 않았다. 나머지는 전투력이 없는 노인이거나 실존 인물이 아니었다. 이미 사망했거나 행방을 알 수 없는 자들이 대부분이었다. 기가 꽉 막혔으나 결코 물러날 수도 없었고 포기할 수도 없었다.

　이순신은 처음부터 새로 시작하는 마음가짐으로 차근차근 극복해 나가기로 했다. 우선 낡은 판옥전선을 수리하고 새 전선과 배를 운용할 군사를 늘려나가는 한편, 화약과 무기를 꾸준히 확보해 나갔다. 동시에 선박 건조기술이 뛰어난 군관 나대용을 시켜 매우 독특하고 유용한 전선 하나를 만들기로 했다.

　전란을 앞두고 나대용을 만난 건 행운이었다. 허여멀쑥한 얼굴에 약간의 사시기가 보이는 그의 첫인상은 그다지 미덥지 못했다. 약골인데다가 산만하여 내면이 구할 정도만 채워진 푼수 정도로 뵈기까지 했다. 저런 사람이 어찌 무과에는 합격했을까 싶을 정도였다. 그런데 나중에 알고 보니 생각보다 진국이었다. 문무를 두루 겸비한 데다가 엉뚱하게도 선소의 장인들에 버금가는 조선 기술까지 보유하고 있었다. 선소에서 천민 장인들과 함께 일을 하면서 밑바탕부터 차근차근 익혀온 실력이라 했다.

이순신은 나대용에게 적의 조총에 아군을 노출하지 않고 적진을 종횡무진 누비는 멍텅구리 배를 만들고 싶다는 구상을 밝혔다. 듣고 나서 그는 크게 관심을 가지는 듯했고, 며칠 뒤에는 이순신의 구상이 제대로 반영된 설계 도면을 그려 왔는데 아주 흡족했다.

나대용은 강하고 튼튼한 전선을 만들기 위해서는 어떤 목재를 어떻게 쓰고, 어떤 구조와 골격으로 선체를 구성해야 하는지를 잘 알고 있었다. 그 설계 능력은 오히려 선소의 장인들을 능가할 정도였다. 하지만 처음 만드는 배라서 선체 골격을 구성하는 첫 단계부터 그리 순조롭지 못했다. 태종 임금 때, 거북 배가 있었다는 기록을 찾아냈으나 현물이나 도해가 없는 만큼 별 도움이 되지 못했다. 이순신이 얻고자 하는 그 새로운 개념의 멍텅구리 배는 순전히 그의 전략적 안목과 선체 구성에 남다른 기술을 가진 나대용의 노력만으로 완성해 나가야 했다. 나대용은 이순신과 수시로 의견을 주고받으며 연구에 연구를 거듭했다.

그는 매우 열정적이고 집념도 강한 사내였다. 첫인상에 대한 이순신의 생각을 비웃기라도 하듯 수영과 선소를 오가며 일에 열중하더니 반년 만에 드디어 상관이 원하는 형태의 멍텅구리 배를 만들어 냈다.

판옥선의 하부구조에다가 개판을 씌운 형태의 장님 배는 전투 중에 사부와 격군을 동시에 보호할 수 있도록 설계되어 있었다. 거북 등과 같이 궁륭을 이룬 개판에는 철갑을 씌우고 도추와 철첨을 꽂아

적이 배 위로 뛰어내리지 못하게 했다.

그러나 첫 시험운항에서 굴강을 빠져나오다가 중심을 잃고 전복됐다. 정운을 비롯한 몇몇 장수들이 고개를 모로 꼬았다. 우려하던 대로 철갑이 무거워 배가 뒤뚱거리고 전진 속도가 너무 느렸다. 포를 쏘면 균형을 잃고 목표물에 잘 맞지 않았다. 그 외에도 자잘한 결함들이 수없이 불거져 나왔다. 하지만 나대용은 결코 포기하지 않았고 몇 달 만에 그 모든 결함을 다 해결해 냈다. 적의 조총에도 끄떡없고 발포와 속도 면에서도 판옥선을 능가하는 당당한 귀선을 완성하게 되었던 것이다. 완성된 귀선은 전란이 터지기 불과 이틀 전에 돛폭을 만들어 달고 그다음 날, 시험 사격을 마쳤다.

5. 주홍빛 노을

천손이 분이의 꿈을 꾸던 날, 분이도 천손의 꿈을 꾸었다. 난데 없이 해안으로부터 들이닥친 괴한들에게 천손이 무참히 살해되는 꿈이었다. 이상한 복장의 괴한들은 지옥의 아수라처럼 흉포하고 잔악했다. 천손은 무기를 든 대여섯 명의 괴한들에게 홀로 투석으로 맞서 싸우다가 처참하게 난자되어 죽임을 당했다. 그렇게 무섭고 잔혹한 악몽은 난생처음이었다.

꿈에서 깨어나 보니 그녀의 눈자위가 흥건히 젖어 있었고 아직도 목 안에 울음이 갇혀 있었다. 꿈속의 광경이 너무도 생생하여 도무지 털어내고 다시 잠을 이룰 수도 없었다. 눈을 꼭 감고 자반뒤집기를 계속하다가 결국 그녀는 첫닭 소리를 듣고서야 자리를 털고 일어났다.

마을 뒷산, 백련암에는 수령이 천 년이나 되는 거대한 고목 한 그루가 자리하고 있었다. 고목이지만 아직 그 기세는 웅대하고 청정함을 유지하고 있었는데 마을에서는 그 나무를 신령이 깃든 영험한 신주목으로 여겨왔다.

집안의 길흉화복이나 미래의 명운을 빌 때, 마을의 무사태평을 기원할 때, 사람들은 너나없이 그 나무를 찾아가 치성을 드렸다.

분이 역시 마음속에 들끓는 사념을 떨쳐버리기 위해 샘물을 떠다 몸을 단정히 하고 집을 나섰다. 은행나무는 의연하고 신비로운 자태로 푸른 안개를 발산하며 홀로 우뚝 서 있었다. 분이는 제단에 정화수 한 사발을 떠다 놓고 다소곳이 고개 숙여 두 손을 모았다.

그녀는 제발 천손이 무사하기만을 빌었다. 천손의 앞날이 평탄하고 그가 도모하고 있는 일이 다 잘 풀리길 빌고 또 빌었다. 또한 병환 중인 아버지가 기적적으로 훌훌 털고 일어나서 올가을로 예정된 혼사가 무사히 이루어지기를 빌었다.

영험한 신에게 비는 것 말고는 그녀가 할 수 있는 일은 아무것도 없었다. 천손이 있는 불을도까지는 혼자 힘으로 다녀올 수 없는 먼 바닷길이기에 더더욱 그녀는 안타깝고 애가 탔다.

기도를 마치고 돌아오는 길에 천손의 존재감이 그녀에게 미치는 의미에 대해서 생각했다. 왜 식솔도 아닌 한 외간 남자가 자신의 인생에서 이토록 절실해야 하는지, 시도 때도 없이 나타나 마음을 헤집고 훔치고 끌어당기는 것인지,

곰곰 생각해 보니, 아무래도 천손을 향한 기다림, 그리움, 이끌

림과 같은 이런 절실한 마음들은 그녀의 지리멸렬한 현실에 대한 반향 같은 것일지도 몰랐다. 무람없이 천손에게 기대고자 하는 마음, 언젠가 천손을 통하여 출구도 없이 꽉 막힌 난관에서 벗어날 수 있다는 마지막 기대감이나 희망 같은 것이리라. 그렇다고 머지않은 장래에 그 출구가 쉽사리 열릴 조짐 같은 건 보이지 않았다. 언제나 그러하듯 천손을 그리워할수록 한 가지 돌올한 의문이 따라붙었다.

'과연 우리는 맺어질 수 있을까? 맺어질 수 있다면 그게 언제쯤일까?'

수없이 반복해온 질문이지만 은행나무는 아무런 답을 주지 않았다. 이 문제에 관한 한 지금까지 시원한 답을 주어 본 적이 없었다. 다른 이들은 소리로 들리지는 않지만 어떤 식으로든 답은 준다고 했다. 아닐 때는 신주목이 화를 내거나 고개를 모로 꼬는 듯한 느낌을 받고, 긍정적인 답변은 어떤 확신 같은 게 마음속으로 솔솔 흘러든다고 했다.

분이는 마냥 어떤 가능성도 확신도 없는 상태가 지속되는 현실에 점점 지쳐가고 있었다. 어쩌면 자신에게 주어진 답은 이미 신주목이 끝내 고개를 모로 꼬는 것으로 귀착되고 있는지도 모른다는 불안감 때문이었다.

그날 오후, 때마침 친정을 다녀오는 천손의 이모로부터 천손이 무사하다는 소식을 들었다. 그제야 그녀는 겨우 가슴을 쓸어내리며 안도하고 집안일에 몰두할 수 있었다.

석양 무렵, 분이는 머리에 이고 내려오던 나뭇짐을 부려놓고 목 언저리의 땀을 훔쳤다. 한낮에는 범바위골의 보리밭에서 김을 매고 해거름에 솔숲에서 삭정이를 줍기 시작했는데 어느새 해가 지고 있 었다.

마주 보는 철마산 봉머리 위의 하늘이 해맑은 주홍빛 노을에 물 들어 있었다. 그 고운 빛깔에 넋을 놓고 서 있는 분이의 눈앞에 구름 사이로 나타난 달처럼 한 사내가 불쑥 끼어들었다. 다부진 체격, 시 원스런 눈매, 꽉 다문 입술, 온몸에서 자신감에 찬 강단이 엿보이는 사내였다. 해풍과 볕에 그을어 검붉은 빛을 띤 얼굴에 팔팔한 생기 와 강건함이 뚝뚝 묻어나는 사내였다. 때로는 듬직하고 때로는 자상 하고 때로는 부드러운 솜뭉치 같은 그를 떠올리기만 해도 저도 모르 게 입가에 잔잔한 미소가 번지곤 했다. 무엇보다 그의 가슴에 품은 원대한 포부가 마음에 흡족했다. 그 사람이라면 안심하고 자신을 맡 겨도 좋을 듯했다.

그러나 또 한편으론 미소보다도 한숨이 먼저 터져 나올 때도 있 었다. 손끝에 닿을 듯하면서도 무심히 나뭇가지를 흔들고는 속절없 이 비껴가 버리는 바람, 언젠가는 그렇게 서로 엇갈리고 말 것만 같 은 불안감 때문이었다.

그녀의 가슴 한구석에는 언제부턴가 모난 돌덩이 같은 근심 덩어 리 하나가 묵직하게 자리하고 있었다. 그가 원하고 자신도 간절히 원하는 바지만 그녀의 어깨에 짐 지어진 현실은 결코 녹록지 않았다. 거동이 불편한 아버지와 동생 분칠은 그녀의 손길을 벗어나 하루도 온전히 살아갈 수 없었다. 그녀가 집을 떠나고 나면 남은 두 식구는 당장 끼니조차 해결하기 쉽지 않을 터였다. 농사일이며, 땔감이며, 의복 빨래며, 물길어 밥 짓기 등등은 겨우 열네 살의 남동생이 홀로 감당해 낼 수 있는 일이 결코 아니었다. 게다가 동생 분칠은 한쪽 다리를 제대로 쓸 수 없는 장애아였다. 아직 쟁기를 손에 쥐어보지도 못했고, 설사 좀 더 나이를 먹는다 해도 그게 가능해 보이지도 않았다.

세상이 왜 이다지 불공평한지 알 수 없었다. 누군가는 베짱이처럼 유유자적하면서도 호의호식하면서 살았다. 일은 죽기보다 싫어하면서 아랫사람을 호되게 부리고 거드름을 곧잘 피웠다. 여름엔 나무 그늘에서 부채질이나 하며 한 시절을 보내고 겨울에는 군불을 땐 따뜻한 방에서 화롯불을 피워놓고 지냈다. 남들 앞에서는 바쁘게 움직이는 것조차 체면을 구기는 일이라며 싫어했다. 어떤 이는 길에서 넘어져도 스스로 일어나려 하지 않고 하인이 일으켜줄 때까지 기다렸다. 심지어는 의복이며 신발 신는 것까지 곁에서 시중을 들어주어야 한다.

반면, 또 다른 누군가는 힘겨운 노역과 더불어 늘 결핍에 허덕이며 팍팍하게 산다. 노동의 대가로 얻는 것의 대부분을 세금으로 내고 가뭄이나 흉년이 들면 굶주리기를 예사로 했다. 보릿고개를 맞으면 한 끼의 끼니를 장만하기 위해서 땅에 코를 박고 온갖 노력을 쏟아부어야 했다.

천민들의 경우는 더욱 열악했다. 노비란 이름의 천것들은 아예 제 것이란 게 없었다. 오로지 상전을 위해서 일을 하고 상전을 위해서 움직일 뿐이었다. 노동의 대가로 쌀 한 톨도 자기 소유로는 배정되지 않았다. 먹고 자고 입는 것은 모두 상전이 내어주는 것만 취할 수밖에 없었다. 당대는 물론이거니와 대를 이어 상전의 손아귀에서 벗어날 수 없었다.

분이는 관가의 아전이었던 외조부의 영향으로 양반들의 세계를 익히 알고 있었다. 침선에도 남다른 재주가 있었고, 문자도 국문과 천자문 몇 자는 읽고 쓸 줄 알았다. 그녀의 아비는 분이가 영특함을 알고 적어도 밥술깨나 먹는 중인 가문에 시집을 보내고자 했다. 아비는 분이의 신랑감으로서 옛날 그의 장인이 종사했던 이웃 춘원포 관아의 아전들의 자제들을 염두에 두고 있었다.

분이 역시 철들고부터 가난한 평민의 삶을 이어받고 싶지 않았으므로 아비의 뜻에 묵묵히 따를 작정이었다. 그러던 중에 발 없이도 남의 담장을 넘고, 빗장 지른 대문도 소리 없이 파고드는 봄바람처럼 천손이 야금야금 그녀의 마음을 비집고 들어와 앉은 것이다.

천손은 자신의 뜻과는 아무런 상관도 없이 감당해야 하는 그런 부조리한 질서에서 벗어나고자 하는 의지가 누구보다 강한 사내였다. 주어진 대로만 살지 않고 앞날을 훤하고 탄탄하게 개척해 나가려는 원대한 꿈을 품은 사내였다. 신분상 글공부에 매진할 형편이 못 되었으므로 틈틈이 몸을 단련하여 후일 기회가 되면 수군의 최말단 군관 자리라도 하나 얻고자 했다.

분이는 그런 천손을 오롯이 마음에 괴었다. 천손의 의연한 모습과 가슴에 품은 당찬 포부가 마음에 흡족했다. 만남이 거듭될수록 천손에 대한 그녀의 마음은 주홍빛 노을 색으로 짙어져 갔다. 천손 또한 같은 마음이었으므로 분이의 이웃에 사는 이모를 통하여 자연스럽게 혼담이 오갔다. 분이를 어여삐 본 천손의 이모가 적포와 화도를 오가며 발 빠르게 혼담을 진행해 나갔다.

그러던 어느 날 맑은 하늘에 먹구름장이 몰려들며 장대비가 쏟아지듯 예상치 못한 돌발 사태가 발생했다. 천손의 어머니가 적포로 와서 분이를 만나보고 혼인 날짜를 잡으려던 무렵, 분이의 아버지가 덜컥 중풍에 걸리고 말았던 것이다.

'남들처럼 어머니만 살아 계셔도….'

여기에 생각이 미치면 얼굴도 모르는 어머니가 못내 그리웠다. 어머니는 그녀가 여섯 살로 접어들던 해에 분칠을 낳다가 산고로 죽었다. 분이는 어렴풋이 그때의 일을 기억하고 있지만 어머니의 얼굴은 기억하지 못했다. 다만 어머니를 생각하면 눈 한번 깜박임 없이 애처로이 그녀를 바라보던 안타까운 눈빛만 떠올랐다. 그게 그녀의 눈에 담긴 어머니의 마지막 모습이었을 거라고 짐작할 뿐이었다.

분이는 나뭇짐을 이고 돌아와 서둘러 저녁밥을 지어 먹었다. 아버지에게는 일일이 밥술을 떠서 먹여야 했고, 아버지의 식사가 끝난 다음에야 분칠과 마주 앉아 밥을 먹었다.

밤이 깊어지자 그녀는 바느질감을 들고 호롱불 밑에 앉았다. 아버지와 분칠의 의복 한 벌씩을 장만하기 위해서였다. 언제가 될지 모르지만, 시집을 가기 전에 꼭 손수 해 두어야 할 일이었다. 침선을 따로 배운 건 아니었다. 어릴 적부터 눈에 익고 손에 익은 대로 재단과 바느질을 할 뿐이었다. 처음엔 품이 잘 맞지 않고 바늘땀도 엉성했으나 지금은 침선장이 못지않게 솜씨가 좋아졌다. 아버지의 의복은 외출복이 아니기에 사나흘에 걸쳐 서둘러 바느질을 끝냈다. 동정을 달고 옷고름마저 달고 나서 분칠의 옷감을 손에 들었다. 분칠의 미래를 생각하면 한숨이 절로 났다. 자신이 남의 집식구가 되고 나면 그 불편한 몸으로 어떻게 아버지를 돌보고 집안을 건사할 수 있을까.

수심이 가득한 마음으로 한 땀 한 땀 바느질을 해 나가던 중에 첫닭이 울었다. 그제야 밀려오는 졸음을 감당하지 못한 분이는 짓던 옷감을 내려놓고 살며시 눈을 감았다.

솜뭉치처럼 노곤한 눈꺼풀에 내려앉는 한 마리의 나비를 살포시 가슴에 안아본다. 잠들기 전이면 어김없이 찾아와서 노역에 지친 몸을 혼곤히 녹여주고 가는 사내.

하지만 날이 갈수록 근심 덩어리도 함께 커져만 가는 이 난감한 현실을 어찌 헤쳐 나갈 수 있을 것인가.

6. 도망자들

수군의 첫 방어기지인 경상도 해안에는 왜적을 막기 위해 준비된 것은 아무것도 없었다. 해상방위를 전담해야 할 수사들이 육지에 올라와 있다가 적선이 나타나자 모두 군선과 군기를 버리고 도주해 버렸다. 수군 방어벽은 순식간에 붕괴되고, 해안 초소들은 인적 하나 없이 텅텅 비어버렸다. 진을 지켜야 할 전선들은 대부분 불에 타거나 수장되어 사라졌다. 군량과 군비는 물론 군사들 역시 어디론가 뿔뿔이 흩어졌다.

경상좌수사 박홍은 황령산에 올라 부산진성의 함락을 직접 목도했다. 불과 반나절 만에 총포 소리가 멎은 부산진성에는 검은 연기가 치솟고 처음 보는 낯선 깃발들이 어지럽게 나부끼고 있었다.

급히 산에서 내려온 그는 우후에게 이렇게 지시했다.

"관하 포구에 정박한 전선과 군량을 모조리 불살라버리시오."

그는 동래부사와 연합하여 다음 전투를 도모하겠다는 말을 남기고 혼자서 좌수영을 빠져나왔다. 그러나 겁에 잔뜩 질린 그는 동래성을 목전에 두고 갑자기 말 머리를 언양 쪽으로 돌려버렸다. 얼마후, 그가 버리고 떠난 해안의 각 포구에서 검붉은 화염이 치솟았다. 조선 전함의 사분의 일에 해당하는 전선과 백성들의 고혈을 짜서 마련한 군량이 그 검은 연기와 함께 흔적도 없이 사라져갔다.

경상우수사 원균 역시 상황은 크게 다르지 않았다. 개전 첫날, 다대포 첨사로부터 적의 함대 100여 척이 부산포에 들어와 정박했다는 급보를 받았다. 그는 즉각 전라좌수영에 파발을 띄우고 탐망꾼들을 경상좌도로 보냈다. 다음 날, 부산진성과 동래성이 무너지고 좌수사 박홍이 전선과 무기를 불태워 바다에 처박고 사라졌다는 비보를 접했다. 이어 경상감사 김수로부터 속히 전력을 갖추어 부산으로 출동하라는 공문이 당도했다.

원균은 당황하여 어찌할 바를 몰랐다. 살집 좋은 그의 얼굴이 대번에 대춧빛으로 일그러졌다. 부임한 지 두 달 동안 그가 한 일은 해산물 요리를 안주 삼아 술과 풍류를 즐긴 것이 다였다. 천천히 관포를 정비하고 장악해 나가려 했는데 갑자기 날아든 돌에 장독이 깨지듯 난리가 터져버린 것이다.

그는 관하 8관 16포에 즉시 출동을 명하고 조정에는 곧 경상좌도로 출정하겠다는 장계를 써서 올렸다. 그러나 닷새가 지나도록 소집에 응한 장수는 영등포만호 우치적, 옥포만호 이운룡, 소비포 권관

이영남, 이 세 사람뿐이었다. 출동 명령을 전하러 갔던 경쾌선들이 착착 돌아와서 내뱉는 보고는 기가 막혔다. 모두들 경상좌수영을 본받듯 군선과 무기를 물에 처박고 어디론가 흩어져 버려서 관포는 개미 새끼 한 마리 없이 텅텅 비었더라는 것이었다.

원균은 짐짓 손으로 탁자를 쾅 하고 내려치며 불같은 화기를 쏟아냈지만 어쩔 도리가 없었다. 다 흩어지고 남은 병력은 불과 이백여 명 안팎이었다. 기껏해야 판옥선 서너 척을 운용하기에도 모자란 병력이었다. 생각할수록 분하고 원통하지만 따지고 보면 모든 게 자신의 불찰이었다. 오자마자 관포의 전선과 무기를 정비하고, 관하 장졸들과 전술을 교류하면서 상하 간의 믿음과 우의를 돈독히 다져 두었어야 했다. 그 지극히 중요한 절차를 소홀히 다루어 군사들을 흩어지게 한 것은 전쟁을 앞둔 장수로서 치명적인 실수가 아닐 수 없었다.

다음날 판옥선 4척과 협선 2척을 거느리고 거제도 남단을 돌아 가덕도 쪽으로 향하던 중, 어선 한 척을 만났다. 긴히 할 말이 있다기에 협선으로 불러들여 만나보니 가덕도 천성에 사는 칠순 나이의 늙은 어부였다. 그는 첫마디에 가덕도의 천성진과 주변 마을이 처참하게 무너졌으며, 지금 왜적들이 배를 몰고 거제도 쪽으로 몰려오고 있다는 놀라운 얘기를 전했다. 그 자신도 왜적의 함대가 천성진을 출발했다는 소식을 듣고 급히 피신 중이라 했다.

"뱃머리를 돌려라, 어서 뱃머리를 남쪽으로 돌리란 말이다!"

우수사 원균은 그 말을 듣자마자 체신도 잊고 허둥지둥 부하들을 다그쳤다. 그 길로 경상우수영의 쥐꼬리만큼 남은 군사들마저 싸움을 포기하고 사천 내륙으로 깊숙이 피신해버렸다.

7. 화약 냄새

왜의 침공 소식은 먼바다에서 불어오는 태풍의 전조처럼 전라좌수영으로 전해졌다.

4월 16일, 원균으로부터 첫 공문이 왔고 그 뒤로 김수와 박홍으로부터 연이어 파발이 날아들었다. 왜적의 규모에 대해서는 일치하지 않았다. 첫 통첩에서 경상우수사 원균은 부산에 정박한 왜선이 90여 척이라 했고, 경상감사 김수는 150여 척, 경상좌수사 박홍은 350여 척이라 했다. 적선의 수효는 뭉게구름과 같아서 도무지 감을 잡을 수 없었고, 왜적의 조총이란 것이 얼마나 위협적인지, 그 철옹성이라 자랑하던 부산진과 동래성이 어찌 그리도 순식간에 적의 손에 떨어지게 되었는지, 머릿속에 그려 보는 것조차 쉽지 않았다.

김수는 맥없이 무너져버린 경상도의 전황과 함께 조정에 전라좌수군의 구원을 청하는 장계를 보내왔다. 경상우수영에서는 원균 휘하의 이영남이 몇 차례 찾아와 구원을 요청했다. 이영남은 무척 다급하고 절박한 듯 턱 밑까지 숨을 몰아쉬면서 말을 더듬었다. 입술이 타는지 연방 혀로 입술을 핥았다.

"지금 경상도는 풍전등화와 같습니다. 왜적은 의외로 강하고 그 숫자도 어마어마한 것으로 보입니다. 곧 왜적은 남해를 거쳐 이곳으로 몰려올 것입니다."

이순신은 너무나 기가 막혀서 어안이 벙벙한 채로 물었다.

"도대체 그게… 그게… 말이 되느냐? 그 많은 경상도의 전함과 군사들은 다 어디로 갔단 말이냐?"

이영남은 그 물음에 제대로 대답하지 못했다. 다만 적의 기습에 속수무책이었다는 옹색한 말로만 답을 대신했다. 이순신은 이영남을 매번 그냥 돌려보낼 수밖에 없었다. 조정의 허락 없이 도의 경계를 넘어 함부로 발진할 수 없었다. 또한 적에 대한 정보를 쥐꼬리만큼도 아는 바 없이 군사를 무작정 움직일 수도 없었다.

조정의 명을 기다리던 중, 4월 26일과 27일 경상도로 출정하라는 임금의 유시가 잇따라 도착했다. 좌수사 이순신은 관하 5관 5포의 장수들로 하여금 군선을 거느리고 5월 29일까지 여수 본영으로 집결할 것을 명했다. 전라도 관찰사, 방어사, 병마절도사에게도 파발을 띄워 경상도로 출진함을 알렸다. 우수사 이억기에게는 전령을 보내 함께 출정하자는 뜻을 전했다. 경상도 순변사 이일, 관찰사 김

수, 우수사 원균에게는 물길 사정을 비롯한 세세한 정보와 만날 장소 등을 통고해 달라는 공문을 보냈다.

경상도 쪽 사정에 대해서는 너나 할 것 없이 모두가 눈 뜬 맹인이었다. 포구의 생김새와 물길의 사정은 물론 왜적이 어디까지 진출했는지, 그 세력이 어느 정도인지 도무지 아는 바가 없었다.

조정은 경상 우수사 원균을 크게 믿는 듯했다. 전라좌수영의 두 배가 넘는 막강한 군세에다 장계에서 묻어나는 결의와 충성심을 믿는 듯했다. 경상우수영 쪽의 사정에 대해서는 의심되는 바가 컸으나 임금의 유시 내용이 모두 사실이기만을 바랐다. 그래야만 부산 서쪽의 남해 해역이라도 온전히 보전할 수 있을 터였다.

약속된 29일 아침부터 각 진포와 고을의 군수, 현령, 첨사, 만호들이 속속 모여들었다. 왜적의 기세가 성하고 잔혹하다는 소문을 듣고도 기죽지 않고 총총 달려오는 모습들이 보기 좋았다. 하지만 진해루에 모인 장수들의 의견은 분분했다.

어떤 장수는 출정은 하되 신중에 신중을 기해가며 천천히 하자고 했다. 경상도 물길과 현재의 전황을 잘 모르니 우선 탐망선을 보내어 그쪽 사정을 알아본 연후에 출정해도 늦지 않을 거라고 했다. 어떤 장수는 싸움 한 번 제대로 해보지 않고 패퇴한 경상 수군을 믿을 수 없으니 전라 우수군을 기다렸다가 함께 가는 것이 좋겠다고도 했다. 왜놈의 배가 어디에 얼마나 대어져 있는지조차 알지 못하고, 게

다가 들려오는 소식은 모두 패전 소식뿐이니 함부로 군사를 움직여 타도로 간다는 건 무모하다며 고개를 가로젓는 장수들도 있었다. 이 바다는 우리가 눈을 감고도 싸울 수 있는 곳이니 여기서 기다렸다 적을 맞아 싸운다면 반드시 승리할 것이라며 타도 출정을 거부하려는 움직임도 엿보였다.

결국 모든 이의 말끝에 정운이 발끈했다.

"나라에 도적이 침입했는데 경상도 전라도가 어디 있단 말이요? 경상도를 통째로 내어주면 왜적은 그 여세를 몰아 곧장 이곳으로 쳐들어올 거요. 도적을 집안에 들여놓기 전에 집 밖에서 미리 제압해 버리면 될 것을 굳이 예까지 끌어들일 이유가 없지 않겠소? 내일 당장이라도 출정하지 않으면 나 혼자라도 가겠소."

정운은 더 이상 들어 볼 것도 없다는 듯 자리를 박차고 일어섰다.

"정만호! 그만 자리에 앉으시오. 그리고 여러분들의 말씀도 충분히 알아들었소."

좌수사 이순신은 좌중을 진정시키고 나서 다시 말했다.

"경상도로 출진하는 문제가 그리 간단하지만은 않은 줄은 다들 잘 알고 있을 것이오. 하지만 경상도의 사정이 매우 급박하고 이미 조정의 출진 명령이 떨어진 마당에 더 이상 주저하고 있을 수는 없소. 경상도 해역에 취약한 우리의 문제는 척후를 통한 사전 정보 수집과 치밀한 작전으로 해결할 수 있을 것이오. 이미 남해 관아에 사람을 보내어 우리가 가는 길목에 미리 나와 대기하라는 공문도 보냈소. 우리 전라좌수군은 조선 최강의 수군이오. 우리 모두 한 마음으로 뭉치면 그 어떤 강적도 반드시 물리칠 수 있을 것이오. 이것이 결론이오. 이후로는 더 이상 경상도 출정 문제로 왈가왈부하지 마시오. 만약 이 일로 다시 가타부타 입씨름한다면 군법으로 엄히 다스릴 터이니 그리들 아시오."

좌중은 찬물을 끼얹은 듯 조용해졌다. 이순신은 방답첨사를 불러 출진 진용을 짜도록 명했다. 선봉장은 나중에 그 지역의 해안을 잘 아는 경상우수영의 변장으로 임명키로 했다.

미시 경, 남해의 현령, 첨사, 만호들에게 공문을 전하러 갔던 이언호가 돌아와서 그곳의 실상을 전했다.

남해 현령 기효근은 어디론가 숨어버린 듯 종적이 없었고, 적의 세력이 지척에 다가왔다는 소문을 듣고 사졸들도 모두 흩어져 관청은 텅 비었더라고 했다. 1관 4포의 첨사, 만호들도 줄을 이어 도망하고 여염집도 거의 다 비었더라 했다.

거기서 만난 한 백성은 어디로 가야 살 수 있을지 모르겠다며 땅을 치며 통곡하더라 했다. 감환으로 코를 훌쩍이는 이언호를 내려다보면서 이순신은 한동안 멍했다.

가슴 속에서 허탈감과 통분이 엎치락뒤치락했다. 적을 맞아 활시위 한번 당겨보지 않고, 그토록 성급히 물러나다니. 한 나라의 지역 방비를 책임진 관리나 장수로서 어찌 그럴 수 있단 말인가. 이제 누가 나서서 낯선 경상도의 사정과 물길을 인도할 것인가.

이순신은 굳게 다문 입술 사이로 무거운 신음이 새어 나왔다. 도무지 원균을 믿을 수 없었다. 원균은 이제 와서 자신의 비행을 감추려고 당당히 세력을 갖추어 적을 칠 것처럼 거짓 장계를 올린 것으로 보였다. 그렇다면 그는 전라좌수영의 지원군에 전적으로 목을 매고 있음이 분명했다.

'그래도 본영의 함대만으로 출전을 감행해야 하나?'

우수영의 이억기 함대는 출동 준비가 늦어져서 5월 3일경에나 도착할 수 있겠다는 통첩이 이미 도달해 있었다.

이순신의 머릿속은 복잡했다. 전라좌수영 소속 함대는 판옥전선 24척, 소선 12척, 어선을 개조한 포작선 46척이 고작이었다. 적의 세력에 비해 본영의 전선만으로는 터무니없이 허약해 보였다. 거기다 순천부사 권준마저 관찰사의 전령으로 전주로 떠나고 없었다. 그는 수군의 중위장으로서 긴밀히 지혜를 함께 나누는 믿음직한 장수였다. 새로 뽑은 정예의 사졸들도 모두 육전으로 나아가고, 진보(鎭堡)의 잔류병에게는 병기다운 병기조차 없었다. 적이 쳐들어오면 맨손으로 막아야 할 처지였다. 아무래도 이억기의 함대를 기다렸다가 합세해서 나아가는 것이 옳을 듯했다.

이순신은 출정 날짜를 5월 4일 새벽으로 연기하고 좌수영 산하모든 전선을 오동포로 불러들였다. 오동포 앞바다는 흐리고 잠포록한 가운데 마파람이 조금씩 일기 시작했다. 물결이 칼날처럼 일어서고 선창에서 대기 중인 전선들이 서로 부딪힐 듯 크게 흔들렸다.

아침부터 비가 부슬부슬 내렸다.

이순신은 방답첨사에게 다음날 새벽에 떠날 것을 명하고 조정에 올리는 장계를 고쳤다. 우수영 함대와 함께 떠나길 바라지만 4일까지 도착하지 않으면 먼저 떠나겠다는 뜻을 밝혔다. 경상도가 쑥밭이 되었다는 소문을 듣고 군사들이 동요하고 있었다. 벌써 탈영병으로 보고된 자가 열 명을 넘어서고 있었다.

저녁 무렵, 여도 권관 황옥천이란 자가 붙잡혀왔다. 경상도로 출정한다는 말을 듣고 새벽녘에 군영에서 슬그머니 사라진 자였다. 특단의 조치가 필요한 시점이었고, 효수의 엄벌 말고는 다른 방도가 없었다.

동헌 뜰로 내려서자 황옥천이 고개를 들었다. 얼굴이 온통 상처투성이였고, 머리는 봉두난발이었다. 입성도 군데군데 찢어지고 온 얼굴에 흙이 묻어 험악했다. 그 와중에도 포망꾼에게 맞아서 붓고 찌그러진 눈이 생의 집착으로 빛나고 있었다. 선봉에 세워주면 죽음으로 신명을 다하겠다고, 그는 거듭거듭 애원했다. 변명은 다급해 보이고, 여염집의 인지상정으로는 그럴 듯도 하지만 군법으로는 어림없는 일이었다.

이순신은 냉엄한 눈으로 애원의 빛이 가득한 그의 눈을 쏘아보았다.

"진정 군율의 지엄함을 몰랐더란 말이냐. 지금은 전시고 이미 탈영자는 가차 없이 참한다는 군령이 하달되었느니라. 누구든 군율을 어긴 자는 용서할 수 없다. 군율에 따라 즉각 효수하라!"

이순신은 뱃속에서 용틀임하듯 치밀어 오르는 온정의 소용돌이를 지그시 억눌렀다.

'미안하구나. 단 한 명의 군사도 아쉬운 판에 내 군사를 스스로 처단하다니. 하지만 너 하나를 버림으로써 열을 지킬 수 있다면 가슴이 찢어진들 어찌 멈추랴.'

8. 드디어 출전

　약속한 날짜에 우수영 함대는 오지 않았다. 낯선 물길을 따라 항진하는 선단은 외로워 보였다. 섬들은 희부연 물안개 속에서 사라졌다, 드러나기를 거듭했다.

　척후를 보냈지만 기척이 없었다. 별다른 기척이 없다는 건 아직 적의 촉수가 남해까지는 뻗어오지 않았다는 뜻이기도 했다. 한 치 앞도 내다볼 수 없는 미명 상태가 계속 이어졌다. 사열 종대의 이동 대열을 유지하며 살얼음판을 딛는 심정으로 사각사각 물길을 헤쳐 나갔다.

　왜적의 기세는 화약 냄새를 동반한 아득한 총포 소리처럼 후각과 청각을 파고들었다. 마치 몸살이 났을 때, 코끝에 전해지는 달뜬 쇳물 냄새 같았다. 귓속 웅숭깊은 곳을 울리는 정체 모를 이명 같은 것이기도 했다. 가슴 속에 만감이 교차했다.

적과의 싸움에서는 상대를 모를 때가 가장 두려운 법이었다. 적이 다가오는 기척을 감지하기 위하여 선단은 살얼음판 위를 걷듯이 고요히 움직이고 있었다. 격군들은 청판 아래서 묵묵히 노질에 열중하고 갑판 위의 사부와 제 장들은 수면 부족으로 따끔거리는 눈을 들어 한없이 너른 바다와 섬 구비를 샅샅이 훑고 있었다.

24척의 판옥전선과 협선 15척 포작선 46척, 적의 세력에 비하면 턱없이 왜소하고 초라한 행색이었다. 적의 기세가 벌떼처럼 성하고 매섭다는 것은 여러 각도로 전해지고 있었다.

'살아서 이 정든 물길을 헤치고 되돌아올 수 있을 것인가.'

육지에서는 흉도들이 벌써 조령을 넘어 서울에 육박하고 있다고 했다. 전라도 겸관찰사 이광이 급히 근왕군을 조직하여 한성으로 향했다고 하니 하루속히 흉도들을 물리치기만을 바랄 뿐이었다. 육지의 상황은 그러하되 해상에서 맞서 싸울 적의 선단과 병력의 규모가 어느 정도인지는 명확하지 않았다. 척후를 보냈지만 마냥 믿고 안심할 수는 없었다. 만에 하나 척후가 적에게 나포되거나 괴멸되면 이쪽이 적에게 노출되어 도리어 더 큰 위험에 직면할 수도 있었다.

적의 함대가 출현하면 곧바로 전투가 시작되고 정신없이 휘몰아치는 살육의 격랑 속에서 삶과 죽음은 교차할 것이었다. 한 사람도 잃지 않고 돌아온다는 것은 불가능에 가깝다. 일부는 죽고 일부는 살겠지만 누가 살고 누가 죽을지는 각자의 명운에 달려 있었다. 전투는 계속될 것이고, 죽음은 끝없이 넘실거리는 파도처럼 개개인의 목숨을 넘볼 것이다. 쇠꼬챙이 같은 적의 살기에 아군의 주검이 꿰어지거나 살얼음판 같은 아군의 살기에 적의 주검이 꿰어질 것이다.

죽음을 두려워하면 제대로 싸울 수가 없다. 그렇다고 겁이 없는 사람이 반드시 전투에 이로운 것만도 아니었다. 전투에서 최상의 조합은 용감한 자와 신중한 자가 적절히 뒤섞이는 것이다. 그럴 경우, 선봉과 배후는 자연스럽게 조절된다. 문제는 지나치게 두려움이 커서 싸울 엄두를 못 내는 군사들이다.

아직도 이 선단 속에 그런 군사들이 있을 수 있다. 무슨 말로 그들의 가슴속에 웅크린 공포감을 덜어낼 수 있을까. 어떻게 하면 넘실대는 죽음으로부터 자신을 보호해가며 모두가 한 몸처럼 움직이게 할 수 있을까.

이순신은 먼바다를 보면서 생각에 생각을 거듭했다.

다행스럽게도 신묘년 봄부터 왜적의 침입을 예상하고 충분한 대비를 해왔다. 판옥선을 수리하거나 새로 건조하여 함대를 보강했다. 활쏘기와 총통사격훈련으로 병사들의 기본기를 닦고 총통, 창검, 화살, 군량 등 군비를 최대한 확보했다. 수시로 실전에 가까운 대 수조를 실시하여 제 장들과 군사들에게 해상진법 운용을 충분히 체득하도록 했다.

이제 남은 문제는 전투에 앞서, 가장 좋은 때와 장소를 선점하는 것이다. 그리하여 부족한 전력으로도 능히 이길 수 있는 유리한 고

지를 먼저 장악하는 것이다.

경상우수영으로 깊숙이 들어갈수록 적의 기척은 가깝고 아군의 존재감은 미약했다. 군비와 배를 불태우고 모두 도망을 쳤다는 이언호, 송한련의 보고는 사실이었다. 군사들이 진을 버리고 떠나자 백성들도 봇짐을 싸 들고 뿔뿔이 흩어진 듯했다. 미처 떠나지 못한 백성들이 선창가에 나와서 손을 흔들며 발을 동동 굴렀다. 배에 태워 주기를 간절히 애원하는 백성들의 가련한 모습에 가슴이 저렸다.

원균과 약속한 시각에 당포 앞바다에 당도했으나 경상우수영 배는 한 척도 보이지 않았다. 주변 해역을 샅샅이 수색했으나 조선 수군의 그림자 하나 발견할 수 없었다.

이순신은 경쾌선을 통해 전갈을 띄워 놓고, 여러 장수들과 대책을 숙의했다. 그때 인근 해역으로 수색을 나갔던 김완이 급히 돌아와서, 한산도 쪽에서 배 한 척이 다가오고 있다고 보고했다.

한 식경 후, 돛을 내리고 조용히 다가온 판옥선에서 몸집이 큰 누군가 내렸다. 경상 우수사 원균이었다. 뒤에는 칼을 찬 비장과 영기를 든 전령이 따랐다. 원균은 비대한 몸집과는 달리 빠른 걸음으로 다가와 손을 덥석 잡았다.

"좌수사, 잘 와 주셨소, 우리 배들도 곧 올 것이오. 섬 오랑캐 놈들이 연못에 물방개 돌아다니듯 어찌나 설쳐대는지 눈에 띄지 않으려고 각자 분산해서 요령껏 움직이기로 한 것이오."

이순신은 불편한 마음으로 왜적의 세력이 어느 정도이며, 어디에 정박하고 있는지, 그동안의 접전지역과 접전 경위 등을 상세히 물었다. 원균은 그제야 심각한 낯빛을 띠고 경상좌도에서 서해 쪽으로 야금야금 압박해 들어오는 왜적의 움직임에 대해서 얘기했다.

부산, 가덕, 김해, 웅포, 진해, 거제 해역에 포진한 배들이 대략 천여 척에 가깝고 왜군의 숫자는 이만이 넘을 거라 했다. 거제, 진해 지역의 적들이 고성과 사천 땅에 수시로 출몰하여 노략질을 일삼고 있는데 그 하는 짓이 금수처럼 악랄하다 했다. 그러나 왜적과의 접전 상황에 대해서는 얼렁뚱땅 넘어가 버렸다.

원균과 얘기 중에 남해 현령 기효근과 미조 첨사 김승룡 등이 판옥선 한 척을 이끌고 당도했다. 이어 사량 만호 이여념과 소비포 만호 이영남이 협선 한 척을 타고 나타났다. 또 두어 식경 뒤에는 영등포 만호 우치적, 지세포 만호 한백록, 옥포 만호 이운룡이 판옥선 두 척을 이끌고 왔다. 모두들 지치고 후줄근한 모습이었으나 전라좌수영의 군세가 성함을 보고 안도하는 눈치였다.

이렇게 차례로 모여든 배는 판옥전선 네 척에 협선 한 척이 고작이었다. 그 막강한 경상우수영이 어쩌다 이 지경이 됐나, 생각하니 한심하기 짝이 없었다. 두 도의 판옥선을 모두 합쳐도 겨우 28척이었다. 경상좌도에 포진한 배들이 천여 척이라면 비교가 안 되는 열세였다. 그렇다고 마냥 낙담하고 있을 수만은 없는 일이었다.

이순신은 전라좌수영 대장선에 두 도의 장수들을 불러 모아놓고 서로 간에 소속을 따지지 말고 일사불란하게 협력하여 싸울 것을 간곡한 말로 당부했다. 지휘관은 둘이지만 전투에 임할 때는 한 몸처럼 뭉쳐 싸우자고 강조하고 또 강조했다.

원균도 이순신의 손을 거머쥐고 머리 위로 높이 쳐들어 보이며 결의를 다졌다.

"우리는 각자 소속은 다르지만 섬 오랑캐를 맞아 함께 싸우는 조선 수군 동지들이다. 우리 땅을 침범한 섬 오랑캐를 맞아 싸우는데 경상도 전라도가 따로 있을 수 없다. 모두들 합심 단결하여 누란에 처한 나라를 구하고 왜적을 몰아내는 데 전심전력을 다해야 할 것이다."

경상우수영 쪽 제장들이 환호성을 지르며 군기의 건재함을 과시했지만 전라좌수영 장수들은 시큰둥했다. 믿었던 바와는 달리 궤멸 직전의 너무나 초라한 함대 세력에 실망한 듯했다.

이순신은 양 도의 모든 전선에 골고루 화약을 배분하게 하고 출진 진용을 재정비했다. 그날 밤, 이순신은 잠이 오지 않았다. 이 정도의 전력으로 천여 척에 가깝다는 왜 전선에 맞서 어떻게 싸울 것인가. 경상도 군세를 보고 나서 실망하는 부하들의 모습이 눈에 선하게 밟혔다.

9. 기다림

분이는 식솔들의 찬거리를 장만하기 위해 아침 일찍 갯가로 나갔다. 썰물 때를 보고 나왔는데 아직 물이 완전히 빠진 상태는 아니었다. 선창가에서 왼쪽으로 꺾어 버들치로 나가면 갯바위가 많고 그 주변에 굴, 조개, 홍합 등 채취할 찬거리가 많았다. 재수가 좋으면 낙지나 해삼 등도 몇 마리 건져 올릴 수 있는 곳이었다.

분이는 물이 충분이 빠질 때까지, 우선 갯바위에서 굴과 거북손을 따고 파래, 톳, 김 등 해초류도 손 가는 대로 채취했다. 식솔들의 찬거리는 남새밭 아니면 대개 이곳에서 마련되었다.

굴이나 해초류를 따면서도 그녀의 눈길은 이따금 거제도 견내량 쪽으로 향했다. 불을도가 눈에 들어오지는 않았지만 그쪽 하늘만 바라봐도 천손의 모습을 좀 더 실감 나게 그려볼 수 있었다.

지난번 적포로 왔을 때 그가 하던 말이 생각나서 그녀는 살포시 미소 띠며 얼굴을 붉혔다.

"분이야 넌 말이야. 어릴 때는 조랑말처럼 촐랑대고 명랑했는데, 나이가 들어서는 이렇게 참하고 고운 사람으로 자라줘서 고맙고 또 고맙다."

천손을 처음 만난 날은 잘 기억되지 않는다. 아마도 같은 담장을 사이에 둔 이모 댁에 놀러 온 그를 처음 만난 건 열 살 안쪽의 소싯적이었을 것이다. 그때는 별 생각 없이 그냥 이웃 오라비처럼 자연스럽게 대했고, 마음속으로 연정을 느끼며 내외하기 시작한 건 불과 한 삼 년 전부터로 짐작된다. 마음속에 그가 들어앉기 시작하자 이상하게도 그를 마주하면 까닭 없이 무람해졌다. 그가 눈에 보이지 않는 동안은 온통 머릿속을 후비며 들어앉으려 하고, 물고기 꿰미를 들고 이모 댁을 찾아오면 온 신경이 담장 너머로 쏠렸다. 그런데도 그 집 사립문을 밀고 안으로 선뜻 들어서기가 쉽지 않았다.

담장 주변을 서성이며 그의 모습을 훔쳐보다가 핑계거리로 찐 옥수수나 감자 등을 챙겨 들고 이웃집 사립문을 살며시 밀곤 했다. 개 발해서 잡은 낙지나 해삼 등이 있을 때는 더욱 발걸음이 가볍고 빨라졌다.

예전에는 어깨를 툭 치며 자연스럽게 말을 걸어왔던 그도 덩달아 주변의 눈치를 보면서 은근하고 조심스러워졌다. 어떤 때는 화가 난 듯 일부러 먼 산을 보는 척하기도 했다. 그게 왠지 스스럽고 답답한 느낌도 있었지만, 가슴속에서는 뭔가 모를 희열이 들끓고 있었다.

스스러우면서도 감미롭고 갑갑하면서도 달콤한 느낌이 온몸에 퍼지면서 마음에 흡족했다. 몸속 어딘가에 기쁨의 샘 하나가 더 생긴 듯, 혹은 마음을 혼곤하게 적셔주는 보람 주머니 하나가 더 생긴 듯도 했다.

과도한 노역에 지쳐 어깨가 축 늘어졌다가도 그의 모습을 떠올리면 불쑥불쑥 힘이 솟아나곤 했다. 그러다가 우연한 기회로 천손의 마음 역시 그녀의 마음과 같다는 걸 확연히 알게 되었다.

어느 날, 배롱나무 밑을 배회하다가 무심코 발돋움을 하고 담장 너머로 고개를 내밀었던 분이는 깜짝 놀라 하마터면 그 자리에 주저앉을 뻔했다. 바로 지척에서 웬 총각의 머리가 불쑥 떠오른 것이었다. 그녀는 너무나 당황하여 얼굴이 벌겋게 단 채로 정주간으로 달려가 몸을 숨겼다. 숨결이 가빠지면서 가슴이 두 근 반 세 근 반 마구 방망이질을 해 댔다.

한 번 다니러 올 때가 되었는데 하고 막연히 기다렸는데 바로 그 예측이 기가 막히게 맞아떨어진 것이었다. 한참 뒤, 마음을 진정하고 담 너머로 살펴보니 천손은 그때까지도 뭔가 아쉬운 듯 담장 주변을 서성이고 있었다.

그날 저녁 분이는 배롱나무 밑에서 닥종이에 언문으로 쓴 편지 한 통을 발견했다. 떨리는 손으로 돌멩이를 감싸고 있는 종이를 펼쳐보니 비뚤비뚤한 글씨로 이렇게 씌어 있었다.

– 분이야, 오늘 저녁 해가 지면 뒤꼍 밤나무 숲으로 나오너라.
필히.

'필히'란 두 자는 다른 글자보다 좀 더 크게 씌어 있었다. 분이는
날이 어둡기를 기다려 뒤꼍으로 갔다. 숲은 어둑했지만 두 집에서
새어 나오는 불빛에 사람 얼굴이나 몸맨두리를 식별할 정도는 되었
다. 아름드리 밤나무 뒤에서 서성대고 있는데 누군가 다가와 그녀의
손을 꼭 잡았다. 투박하지만 따뜻하고 은근한 온기가 전해왔다. 심
장 박동 소리가 귀에 들릴 정도로 가슴이 심하게 뛰기 시작했다.

천손은 그녀의 손을 잡고 어릴 적 분칠이와 더위를 식히며 놀던
바위 쪽으로 이끌었다. 나무 그늘에서 두세 사람 정도 앉아서 놀기
딱 좋은 넓적한 바위였다. 분이는 그냥 천손이 이끄는 대로 따랐다.

나란히 바위에 걸터앉아 무언가 할 말을 다듬던 천손이 먼저 마
음속에 꼬깃꼬깃 숨겨두었던 말을 끄집어내어 고백했다. 자신도 그
동안 이모 댁을 찾아오면 그녀처럼 돌담 주변을 서성이는 버릇이 생
겼고, 그녀 때문에 적포를 자주 찾게 되었다고.

분이는 뭐라고 대꾸해야 좋을지 몰라 그저 어둠 속에서 고요히
새어 나오는 등불만 주시하고 있었다. 어스름 불빛 속에서 그녀의
집은 풀밭에 드러누운 '누렁이'의 등짝처럼 보였다.

분이에게서 아무런 말이 없자 천손은 갑자기 저돌적으로 그녀를
끌어안았다.

"분이야, 네 마음을 확실히 알았으니 이제 더 이상, 우리 서로 속

마음을 숨기지 말자. 난 너를 진작부터 마음에 괴고 있었지만 네 뜻을 몰라서 망설이고, 또 망설이며 혼자 전전긍긍했던 거야."

분이는 다소곳이 고개를 주억거렸다. 사내의 품이 이토록 든든하고 아늑한 줄 몰랐었다. 모든 수심과 근심이 솔바람에 흩어지는 안개처럼 일시에 풀풀 흩어져 달아나는 듯했다. 천손 역시 가슴이 사르르 녹아내리는 감미로움을 쉽사리 감당할 수 없을 지경이었다. 태어나서 한 번도 경험해보지 못한 뿌듯한 환희와 오롯한 감동이 물결치듯 밀려와서 그의 가슴을 붉게 물들이는 듯했다.

그날 이후로 견내량을 사이에 두고 적포와 불을도 간에 끝없는 연모의 줄다리기가 이어졌다. 천손의 시선이 언제나 먼 동녘을 굽어보는 우 바라기라면, 분이의 시선 역시 비스듬히 견내량을 바라보는 우 바라기였다. 둘의 시선은 먼 허공 어딘가에서 수시로 엉키고 있었지만, 그도 모자라 적포로 향하는 천손의 발길은 더욱 잦아졌다.

두어 달에 한 번 정도 다녀가던 것을 한 달에 한 번 정도로, 혼담 이후로는 한 달에 두어 번 정도까지 그 횟수가 늘어났지만 그래도 갈증은 쉽사리 가시지 않았다. 때로는 기다림, 그 자체를 견디기 힘들고 마음을 다스리기 쉽지 않았지만, 한편으론 그 모든 것을 다 덮고도 남는 혼곤한 기쁨을 안겨주는 것이기도 했다.

천손을 생각하며 한참, 개발에 열중하고 있는데 등 뒤쪽에서 와자한 소리가 났다. 돌아보니 마을 아낙 몇몇이 바구니를 하나씩 끼고 분이 곁으로 다가오고 있었다. 물때를 보아가며 모꼬지하여 개발을 나오는 중인 듯했다. 그중에는 천손의 이모도 끼어 있었다. 천손의 이모는 다른 이들보다 한 걸음 먼저 다가와 익살맞은 표정으로 슬쩍 옆구리를 찌르며 한마디 했다.

"분이 너 천손이 기다리제? 바른말 해라. 바른말 해! 내 눈은 못 속인다."

분이는 또 한 번 얼굴을 붉히며 기어드는 소리를 할 수밖에 없었다.

"참… 아주머니도… 내가 언제예."

10. 옥포해전

장승포 뒷등의 양지암을 지나 옥포만 쪽으로 천천히 접근해 가는데 전방에서 꼬리에 긴 불꽃을 단 불화살이 치솟아 올랐다. 앞서가던 김완의 척후선에서 쏘아올린 신기전이었다. 연속으로 다섯 발, 적의 함대가 오십여 척쯤 된다는 의미였다.

이순신은 즉시 기라졸을 통하여 3열의 이동대열에서 첨자형의 공격 대형으로 전환하도록 전 함대에 영을 내렸다.

"가벼이 행동하지 말고 태산같이 하라! 각 함대는 전방을 살피면서 천천히 항진하라!"

이순신의 명은 중위장의 입을 통하여 각 함대로 퍼져나갔다. 함대는 해안선을 따라 천천히 나아가면서 빠르게 첨자형의 전투 대형으로 갖추어 나갔다. 전선마다 격군을 교대시키고 사부들은 정해진 위치로 가서 발포 준비를 서둘렀다. 궁수들은 활과 전통을 메고 청판의 성가퀴 쪽에 도열했다.

바다를 향해 가파르게 흘러내린 산자락을 돌자마자 단지형의 깊숙한 포구가 눈에 들어왔다. 이제 막 햇살이 퍼지기 시작한 선창에는 조선 판옥선 크기의 층각선과 그보다 좀 작은 왜선 수십 척이 정박해 있었다. 검은 휘장을 두르고 붉은 깃발, 흰 깃발을 요란스레 휘날리는 왜 전선들은 보는 사람들의 눈을 어지럽게 했다. 담력이 약한 군사들은 그 현란한 모습만 보고도 지레 겁을 먹었다.

마을은 왜적의 노략질에 이미 초토화가 된 듯했다. 화염과 시커먼 연기만 피어오를 뿐 관아도 민가도 보이지 않았다. 산으로 올라갔던 척후병으로부터 왜적이 민가에서 약탈한 소를 잡아 고기를 구워 먹고 있다는 첩보가 들어왔다. 하늘이 내린 천재일우의 기회였다. 적은 개전 초부터 가는 곳마다 길을 터주듯 도망 다니기에 바쁜 조선군의 출현 같은 건 안중에도 없는 듯 했다.

이순신은 선봉장 이운룡을 전면에 내세우고 나머지는 중위장을 중심으로 좌우로 날개를 펼쳐 그물로 고기떼를 감싸듯 순식간에 포위해 들어갈 생각이었다. 그런데 갑자기 이운룡을 비롯한 경상우수영의 배들이 북을 치고 함성을 지르며 빠르게 앞으로 달려 나가기 시작했다. 그렇게 태산같이 신중하라 일렀건만 전공에 몸이 단 원균이 그 말을 무시하고 돌격을 명한 것이었다.

멀리서 놀란 왜병들이 황급히 배로 뛰어드는 것이 눈에 들어왔다. 이미 엎질러진 물, 더 이상 지체할 수 없었다. 이순신은 들고 있던 장검을 높이 쳐들고 소리 높여 돌격을 명했다. 북채를 쥔 군관 송희립의 양팔이 바쁘게 움직이기 시작했다. 가파른 쇠나팔 소리가 하늘 높이 메아리쳤다.

"돌격, 돌격, 돌격하라!"

중위장 이순신(李純信)으로부터 연쇄적으로 돌격 명령이 각 함대로 퍼져나갔다. 배흥립을 비롯한 전라좌수군의 군선들이 일제히 빠른 속력으로 달려 나갔다. 경상우수영의 배들은 곧장 포구의 중심을 향해 나아가고 전라좌수영의 배들은 그 좌우로 폭을 넓혀가며 선창에 늘어선 적을 좌우에서 포위해 들어갔다.

한 마장 정도의 거리로 좁혀지자 적의 움직임이 손에 잡힐 듯이 빤히 눈에 들어왔다. 육지에 올라가 있던 적들이 황급히 배로 복귀하고 있었다. 그중에서 서너 척은 벌써 돛을 올리고 산 기스락 쪽으로 바짝 붙어 포구를 빠져나오기 시작했다. 적과의 거리는 600보 정도로 각 총통의 사정거리 안이었다.

앞서 달려간 경상우수군이 먼저 함포사격을 시작했고, 전라좌수군의 선봉도 어느새 경상우수군과 어깨를 나란히 하고 있었다. 이순신은 전군을 일렬로 횡대로 늘여 적을 그물에 가두듯 포위해 들어가며 사격을 명했다. 기다리던 좌수영 전선들이 일제히 불을 뿜었다. 천자 지자 현자총통에서 장군전, 차대전, 신기전을 비롯한 철환과 단석들이 빗발치듯 쏟아졌다. 조총을 쏘며 앞서 달려 나오던 5~6척의 배가 대장군전과 신기전을 맞고 휘청거렸다.

수많은 왜병들이 철환과 화살을 맞고 고꾸라졌다. 그 뒤쪽의 왜선들은 약탈한 물건들을 바다에 던지느라 정신없었다. 이들은 왜장 도오토오가 이끄는 선단으로 김해에서 방화, 약탈을 일삼다가 먼저 선점한 가토오에 밀려 거제도로 옮겨온 수군 정예 부대였다. 그들의 배에는 김해에서부터 약탈한 쌀과 도자기 등 값진 물건들이 가득 실려 있었다.

선봉에 있던 전부장 배흥립은 불과 300보 거리에서 선창을 빠져나온 왜 대선 한 척을 덮쳤다. 지자총통에서 장군전이 연속으로 날아가 적선의 옆구리에 꽂히자 적선은 뱃전에 큰 구멍이 뚫리면서 살 맞은 짐승처럼 비스듬히 드러누웠다. 이어 신기전과 철환을 빗발치듯 퍼부었다. 적선에서 불길이 치솟고 수많은 왜병들이 공중으로 튕겼다가 바다로 곤두박질쳤다. 휘장과 돛폭에 옮겨붙은 불을 끄려고 사생결단하던 왜병들도 배가 심하게 기울자 하나둘 바다로 뛰어내렸다.

배흥립은 도망치는 왜 대선을 산기슭으로 몰아가며 추격했다. 중부장 어영담은 전의를 상실하고 도망 다니는 중선 두 척과 소선 세 척을 신기전으로 불태우고 장군전으로 거꾸러뜨렸다. 후부장 정운은 포구 깊숙이 쳐들어가서 왜 대선 한 척과 중선 한 척을 불태워 수장시켰다. 중위장 이순신도 대철포를 쏘며 달려오는 대선 한 척을 거꾸러뜨렸다. 경상우수영 장수들도 각자 적의 배 한두 척을 불태우거나 침몰시켰다.

수많은 적의 배들이 불타거나 침몰하고 헤아릴 수 없이 많은 왜병들이 화살과 철환에 맞아 죽었다. 적선이 불타는 연기가 하늘을 가리고 살이 타는 냄새가 코를 찔렀다. 적은 조총을 쏘며 응전하다가 도저히 감당할 수 없다고 판단했는지 배를 버리고 산으로 도주했다. 층각선을 비롯한 몇몇 왜선은 교전 중의 혼란을 틈타 산기슭에 바짝 붙어 쥐새끼처럼 포구를 빠져나가고 있었다.

이순신은 뒤늦게 도망하는 적의 배를 발견하고 뒤쫓아 갔으나 거리가 너무 멀었다. 아무리 격군들을 닦달해도 속도 면에서는 왜선을 능가할 수 없었다. 뒤에서 배흥립이 도망가는 왜선을 추격해 나왔지만, 이순신은 즉각 회군을 명했다. 멀리 쫓아나가다가 적의 매복이나 지원 세력에게 걸려들면 꼼짝없이 당할 수도 있었다. 반복적으로 울어대는 짧고 다급한 쇠나팔 소리가 배흥립의 뒤통수를 잡아챘다. 배흥립은 차마 지휘관의 명을 거역할 수 없어 볼이 부은 얼굴로 되돌아왔다.

옥포에서 첫 승전고를 울린 조선 연합함대는 거제도 북쪽 끝의 영등포(지금의 장목면 구영리)에 도착하여 밤을 보내려 했다. 영등포는 진해, 웅천, 가덕도에 웅거하고 있는 적의 동태를 살피기에 아주 좋은 곳이었다. 멀지 않은 곳에 적의 대선 5척이 지나간다는 척후의 보고를 받고 즉시 출동하여 웅천 땅까지 추격했다. 겁을 먹은 적들은 합포만 깊숙이 들어가더니 배를 버리고 뭍으로 줄행랑쳤다. 조선 함대는 왜적이 포구에 남긴 적선 다섯 척을 불태웠다. 곧 날이 저물고 물새들이 노을 속으로 날아가 박명에 묻혔다.

11. 태풍의 전조

그날은 해가 유난히 붉었다. 아침 동살에 물든 바다가 온통 핏빛이었다. 날씨가 맑을 징조이기도 했지만 그 처절하도록 선명한 핏빛에 무언가 불길한 조짐을 느끼는 사람들이 많았다. 특히 지난 밤 꿈자리가 뒤숭숭했던 사람들이 그랬다.

적진포 전도 마을 선창에는 그물을 손질하며 조업을 서두르는 어부들의 모습이 분주해 보였다. 부지런한 어부들은 새벽부터 고기잡이를 나갔다가 이미 돌아왔고, 아직 조업 중인 배들은 먼바다에 점점이 떠 있기도 했다.

여느 때처럼 평화로운 어촌 마을의 일상이 시작되는 하루였다. 마을 사람 그 누구도 잠시 후에 불어닥칠 끔찍한 피바람 같은 건 꿈에서조차 생각지 못하고 있었다.

햇살이 퍼질 무렵, 윤슬이 반짝이는 고요한 수면 위로 십여 척의 선단이 조용히 적진포 선착장으로 밀어닥쳤다. 판옥선 크기의 큰 배와 그보다 좀 작은 배들이 십여 척 섞여 있었지만 조선 수군의 배는 아닌 듯했다. 큰 배는 사면에 온갖 무늬를 그린 휘장을 둘러치고 있었고 가에는 흰색이나 검은색, 또는 붉은색 깃발들이 펄럭이고 있었다. 크고 작은 여러 형태의 깃발들은 그 빛깔이 현란하여 보는 사람의 눈이 어지러울 지경이었다.

선단은 소리 없이 다가왔지만 사세는 송곳으로 찌르듯 빠르고 단도직입적이었다. 배들은 어떤 급박한 상황을 선점하려는 듯, 한달음에 미끄러지듯 선창에 닿았다. 두 척이 먼저 선창에 정박하고 다른 배들은 선복(船腹)에 선복을 잇대어 마치 물고기 비늘처럼 줄지어 닻을 내렸다.

잠시 후, 괴상한 복장을 한 삼십여 명의 군사들이 빠르게 하선하여 마을 쪽으로 달려갔다. 이어 긴 칼과 쇠막대기(뎃보)를 든 십여 명의 군사들이 천천히 그 뒤를 따랐다. 개중에는 짐승 대가리에 범 가죽 형상의 무척 거추장스러워 보이는 복장을 한 자도 섞여 있었다. 군사들은 대개 팔과 다리 아래쪽을 무엇으로 바짝 조여 맨 듯하고 머리에는 작은 삿갓 모자를 쓰고 있었다. 어떤 자는 호랑 무늬 복장에 입에 갈퀴 같은 것을 물고 있었는데 그 요란한 모습들은 보는 사람들로 하여금 절로 몸이 움츠르드는 공포감을 자아내기에 충분했다.

마을 사람들은 이 뜻밖의 사태를 어떻게 받아들여야 할지를 몰라

허둥지둥했다. 마치 말벌 떼의 습격 같기도 하고 멀쩡한 대낮에 무리 지어 나타난 낮도깨비들 같기도 했다. 대체로 키가 작아서 더욱 재빨라 보이는 군사들은 일단 육지에 발을 내리자마자 무서운 들개 떼로 변했다. 제 키보다 긴 칼을 들고 일직선으로 찌르듯이 고샅길로 달려들어 다짜고짜 칼을 휘둘렀다. 그들이 휘두르는 칼바람은 난데없이 불어닥친 한줄기 광풍이었다. 고요하던 적포와 범바위 골 두 마을이 순식간에 아비규환의 생지옥으로 변해버렸다. 귀청을 찢는 비명, 개 짖는 소리, 길게 부르짖는 황소 울음소리가 온 마을을 뒤흔들었다.

수많은 사람들이 두 눈 멀쩡히 뜨고 속수무책 당했다. 어떤 이는 길을 가다가 가슴에 칼을 맞고 어떤 이는 소를 몰고 논밭으로 가다가 칼을 맞았다. 가축을 빼앗기지 않으려고 저항하던 젊은이는 단칼에 목이 잘렸다. 집 안에서는 아녀자나 노인들이 무차별적인 칼부림에 목숨을 잃었다. 왜군은 마치 살육을 유희하듯 남녀노소 할 것 없이 베고 찌르고 난자했다. 심지어는 해산의 고통으로 몸부림을 치는 임산부에게조차 하복부에 칼을 꽂았다. 젊고 얼굴이 반반한 여자들과 몇몇 건장한 남자들이 포승줄에 묶여 끌려갔다. 때때로 마을 안쪽에서 벼락이 치듯 폭음이 들리고 곳곳에서 시뻘건 화염과 함께 연기가 치솟았다.

그 시각 천손은 분이와 함께 범바위 골 뒷산에 있었다. 그는 불을도(화도) 앞바다에서 아침 일찍 그물을 거두어 곧장 이곳으로 노를 저어왔다. 아버지가 병석에 누웠으므로 혼자 나섰던 참인데 이날따라 물고기가 무드럭지게 잡혔다. 그물을 끌어 올릴 때마다 게르치, 볼락, 도다리, 고등어, 갈치 같은 물고기들이 줄줄이 딸려 올라왔다. 뜻밖의 횡재에 기분이 한껏 고무된 천손의 눈앞에 어김없이 분이의 얼굴이 떠올랐다.

천손은 먼저 이모 댁에 들러 물고기 한 꿰미를 건네고, 나머지 한 꿰미를 들고 곧장 분이의 집으로 갔다. 그러나 분이는 집에 없었다. 분이의 동생 분칠이는 누이가 땔감을 구하러 뒷산으로 갔을 거라고 귀띔해 주었다. 천손은 분이 아버지의 방에 들러 잠시 문안하고 곧바로 분이를 찾아 마을 뒷산으로 올라갔다.

숨차게 산비탈을 치받아 오르던 천손은 보리가 누렇게 익어가는 산간 밭 근처에 이르러 걸음을 멈추었다. 분이는 그녀의 밭 주변의 소나무 숲에서 항상 땔감을 구하곤 했다.

천손은 양손을 모아 입에 갖다 대고 연거푸 분이의 이름을 불러보았다. 그런데 대답은 엉뚱한 곳에서 들려왔다. 소나무 숲속이 아니라 그녀의 밭 조금 아래쪽 너럭바위 위에서 소리가 들렸다. 그곳은 이모의 주선으로 혼삿말이 나오기 이전부터 둘이서 가끔 만나 밀회를 나누던 곳이었다. 천손은 짐짓 반가운 마음을 누르고 천천히 주변을 살피며 다가갔다. 주변에는 밭에서 보리를 거두는 사람들 몇몇이 눈에 띄었다. 분이는 바위 위에 올라서서 목을 길게 빼고 천손을 기다리고 있었다.

"분이야, 여기서 뭐 하고 있었노? 나무는 다 했나?"

천손은 아직 나뭇짐이 다 꾸려지지 않았으면 분이를 도와 나무 한 짐을 얼른 꾸려 줄 생각이었다. 한쪽 다리가 불편한 분칠은 누이와 함께 나무를 하러 다니지 못했다. 산길을 오르내리기도 불편하거니와 높은 가지에 주로 삭정이가 붙어 있어 채취하기 쉽지 않았다. 가끔은 누이를 따라와서 바닥에 깔린 솔방울을 줍기도 하지만 크게 도움이 되지 않았다. 그보다 잔삭다리 집안일을 돕는 편이 나았다. 천손이 다가가자 분이는 담박 얼굴이 환해지며 웃음이 번지다가 곧 시무룩해졌다. 그녀는 천손의 손을 뿌리치고 바위 위에 다시 주저앉았다.

"누가 보면 어쩌려고…."

분이는 짐짓 화난 듯 뾰루퉁한 표정을 짓고 먼 산을 보는 척했다.

"뭐가 어때서, 우린 곧 혼인할 사인데 남이 본들 무슨 대수야."

천손이 곁에 앉으며 분이의 손을 끌어다가 자기 입술에 갖다 댔다. 분이의 볼이 발갛게 달아오르다가 금방 새치름하게 굳어졌다.

"오라버니, 우리 정말 올가을에는 기어이 혼인을 할 수 있을까요? 요새 계속 꾸는 꿈도 그렇고 왠지 자꾸 불안하고 불길한 생각이 들어서…."

천손은 잠시 말문이 막혔다. 수없이 그래왔듯이 정말이지 이 문제에 이르면 할 말이 궁했다. 식솔들을 두고 집을 떠나기 힘든 사정은 이해했다. 하지만 머리를 맞대고 실행 가능한 방책을 궁리해볼 생각은 않고 도리질부터 해 대는 분이를 보면 가슴이 답답해서 미칠 지경이었다. 가산을 정리하여 분이네 식솔들을 불을도로 데려갈까도 생각해 봤다. 그도 안되면 불을도의 가산을 정리하여 분이네 집으로 들어와 사는 방안도 생각해 봤다. 그러나 어느 쪽도 만만치 않았다. 결혼을 전제로 양가가 합치는 일은 전례 없는 일이며 사회상규상에도 맞지 않았다. 양가의 반대는 불을 보듯 훤했고, 식솔들의 반대를 무릅쓰고라도 밀어붙일 엄두도 나지 않았다.

차선책으로 불을도에 분이네 식솔들이 기거할 수 있는 집을 따로 마련하는 방안도 있으나 분이는 그 또한 천손의 본가에 크게 누를 끼치는 일이라며 단호히 거부했다. 그렇다고 분이가 남의 아내가 된다는 것은 도저히 용납될 수 없는 처사였다. 마음 같아서는 보쌈을 해서라도 당장 분이를 불을도로 데려가고 싶지만 그 또한 뒷일을 감당하기 쉽지 않았다.

천손은 입안이 타들어 가는 안타까움에 전전긍긍하다가 다짜고짜 분이를 덥석 부둥켜안았다.

"분이야, 우린 이미 혼인을 언약한 사이야. 넌 나 말고 다른 누구에게도 시집갈 수 없어. 도저히 안 되겠다면 차라리 내가 너희 집으로 들어가서 살게."

천손은 품에서 빠져나가려는 분이를 더욱 힘껏 끌어안으며 분이의 볼에 자신의 뺨을 부볐다. 분이는 거부하지 않았다. 혹여 동네 사람들이 볼까 저어하기도 했지만 가슴 밑바닥에서부터 번져오는 따뜻하고 감미로운 기분을 그냥 오롯이 즐기듯 자신을 내맡기고 있었다.

두 팔로 단단히 그녀를 끌어안고 있는 사내가 무작정 좋았다. 믿을 만한 사내였고, 믿어도 좋을 사내였다. 이 사내라면 그녀의 모든 것을 맡기고 남들처럼 평범한 아낙으로 살아가도 좋을 듯했다. 이 사내를 위해 밥을 짓고 빨래를 하고 바느질을 하며 살고 싶었다.

하지만 그녀를 둘러싸고 있는 주변 상황은 두 사람의 앞날에 쉽사리 극복할 수 없는 가시밭길을 노정하고 있었다. 시집살이란 원래 고추보다 맵고 손톱 밑의 가시처럼 아픈 거라 했는데 몸도 성치 못한 아비와 동생까지 달고 시집을 간다는 것은 콩 한 섬을 짊어진 나귀가 목까지 차오르는 강물을 건너려는 것과 다름없었다. 지금 당장은 못 이기는 척 끌려가면 만사가 해결될 듯 보이지만 나중이 문제였다. 시간이 흐르면서 미봉책 속에 숨겨졌던 화근이 낭중지추처럼 드러나게 될 것임은 불을 보듯 뻔했다. 분이의 두 눈에서 따뜻한 물기가 흘러나와 눈시울을 적셨다.

바로 그때였다. 마을 쪽에서 벼락 치는 소리 같은 폭음이 연이어 들려왔다. 놀란 분이와 천손이 동시에 바위에서 일어나 발돋움을 했다. 폭음은 계속 산발적으로 들려오고 있었고, 마을 곳곳에서 시커먼 연기와 함께 화염이 피어오르고 있었다.

"무슨 일고? 저 시커먼 연기와 불꽃?"

화등잔처럼 크게 벌어진 분이의 눈길이 하늘 높이 치솟는 시커먼 연기에 붙박혔다. 그녀는 혹시 동네에 큰불이라도 난 게 아닌가 싶었다. 그렇다면 큰일이었다. 불길이 집까지 번지면 한 발짝도 못 움직이는 아버지와 한쪽 다리가 불편한 분칠은 어찌 될 것인가. 거기에 생각이 미치자 분이는 잠시 발밑의 바위가 흔들리는 듯한 아찔한 현훈증을 느꼈다.

"저 벼락 치는 소리 같은 괴이한 소리는 또 뭐꼬?"

천손 역시 이제껏 한 번도 들어 본 적 없는 기분 나쁜 폭발음에 가슴 섬찟한 불길함을 느꼈다. 혹여 부산에 상륙했다는 왜구들이 여기까지 쳐들어온 건가? 그렇다면 이건 보통 문제가 아니었다. 왜구들의 잔혹한 분탕질에 대해서는 경상, 전라, 충청, 삼도의 연안 마을에 이미 널리 알려진 바였다.

"저기 사람들이 온다!"

좀 더 높은 바위로 올라가 아래쪽을 살피던 천손이 소리쳤다.

한 그루의 허리 굽은 소나무가 서 있는 굽이진 산비탈 길로 사람들이 삼삼오오 몰려오고 있었다. 몹시 화급한 듯 온 힘으로 달려오는 발걸음이었다. 마을에 무언가 큰일이 벌어지고 있음이 분명해 보였다. 두 남녀는 누가 먼저랄 것도 없이 바위에서 내려와 언덕길을 달려 내려갔다. 분이는 자기네 보리밭 어귀에서 마을 사람들과 마주쳤다.

"와요? 동네에 무슨 일 났습니까?"

분이는 맨 먼저 올라온 사람을 붙잡고 성급히 물었다. 선창가에 사는 쇠줄 아비였다. 그는 예닐곱쯤 되는 아들의 손을 꼭 잡고 있었고, 그 뒤에는 그의 어머니와 아내가 헉헉대며 따라오고 있었다.

"그래, 분이야! 큰일 났다. 어서 도망가자. 왜구들이 쳐들어왔다."

"왜놈들이 쳐들어와서 다짜고짜로 사람들을 막 쥑인다 아이가. 긴 칼로 베고 찌르고 집에 불까지 지르고…."

"난리도 그런 난리가 없고 지옥도 그런 지옥이 없더이라."

쇠줄의 식구들이 공포에 질린 듯 머리를 흔들며 한마디씩 내뱉고는 그대로 산 위를 향해 달려갔다.

"우리 집은요? 우리 아버지와 우리 분칠이는요?"

안타깝게 부르짖는 분이의 물음은 그 뒤에 따라오던 이웃집 남자가 대신해서 답해 주었다.

"너거 집에도 불길이 치솟는 거 내가 봤다. 두억시니 같은 왜놈들이 긴 칼을 치켜들고 골목마다 집집마다 들이닥쳐서 칼을 휘두르고 집에 불까지 지르니 내사 마…."

뒷집 칠복이 아버지는 미처 말도 채 끝내기 전에 천손을 힐끗힐끗 쳐다보면서 빠른 걸음으로 지나쳐 갔다. 다음 사람들에게 집안 식구들의 안부를 물었으나 모두들 정신없이 고개를 내저으며 그냥 지나쳐 갔다.

"아부지요! 분칠아!"

어쩔 줄을 모르고 전전긍긍하던 분이가 갑자기 벌에 쏘인 듯 풀쩍 뛰어서 언덕 아래로 달려내려 가기 시작했다. 천손은 잠시 어리둥절

한 채로 섰다가 곧 분이의 이름을 외쳐 부르며 그 뒤를 쫓아갔다.

"분이야! 게 서라. 지금 가면 안 돼. 왜놈들한테 잡히면 큰일 난 단 말이다."

천손의 머릿속으로 한 가지 무시무시한 예감이 스쳐 갔다. 경상 우도 쪽에서 들려오는 소문에 의하면 부산에 왜구들이 들이닥쳤다 는데 그게 단순히 해적의 침범이 아니라 나라 간에 큰 난리가 터진 게 아닌가 하는 것이었다. 부산진성이 무너졌다는 것은 무엇을 의미 하는가. 나라에 큰 환란이 닥쳤다면 곧 이곳 적포를 넘어 한산도나 두룡포까지 위험에 처하게 될지도 모를 일이었다.

천손은 일단 냉정해져야 한다고 생각했다. 당장은 분이를 목전의 위험에서부터 벗어나게 해야 한다고 생각했다. 그러나 식구들의 생 사와 안위에만 골몰한 분이와는 좀체 걸음이 좁혀지지 않았다. 익숙 한 산길이라 분이는 거칠 것이 없었지만 천손의 머릿속은 복잡했다. 식솔들의 안위를 걱정하는 분이를 무작정 되돌려 세우기도 마뜩찮 고 그렇다고 혼자 가도록 내버려 둘 수도 없었다. 어찌해야 좋을지, 분이를 뒤쫓는 중에도 천손의 머릿속엔 여러 생각들이 교차했다.

12. 지옥의 풍경

마을 뒤쪽 당산 어귀쯤 이르렀을 때, 앞서 달려가던 분이의 걸음이 주춤해졌다. 등을 보인 채 산길을 내려가는 몇몇 사람들이 눈에 들어왔던 것이다. 도망치는 마을 사람들을 뒤쫓다가 포기하고 돌아가던 왜병들인 듯했다. 분이는 얼른 소나무 둥치 뒤에 몸을 숨겼다.

그러나 이미 늦고 말았다. 공교롭게도 그때 마침 어떤 기미를 느끼고 뒤를 돌아본 왜병의 눈에 띈 것이다. 왜병이 즉각 긴 칼을 뽑아들고 되돌아 달려오기 시작했다. 분이는 급한 김에 얼른 풀숲으로 뛰어들었다. 간이 콩알만 해져서 몸을 웅숭그렸지만 소용없었다. 그녀는 튀어 달아나는 메뚜기를 잡듯 풀숲을 샅샅이 뒤지는 왜병들에게 속절없이 붙잡히고 말았다. 분이의 긴 머리채를 움켜쥔 왜병의 악력이 어찌나 억센지 머리끝에 불이 붙는 듯했다. 분이의 입에서 날카로운 비명이 터져 나왔다. 그러나 왜병은 인정사정이 없었다.

대체로 덩치는 작은 편이었으나 눈빛이 사납고 동작이 재발랐다. 얼굴은 오종종하고 정수리는 새 길을 닦은 듯 머리카락 한 올 없이 훤했다. 그중에서도 우두머리로 보이는 한 명은 얼굴빛이 희고 키가 성큼 컸다. 그가 분이의 머리채를 잡고 뒤로 끌어당기자 분이의 얼굴이 하늘로 향하게 되었다. 하늘은 눈부시도록 맑고 얼핏 흘러가는 구름장이 눈에 들었다. 그러나 곧 파란 하늘을 가로막으며 왜군의 얼굴이 바짝 눈앞으로 다가왔다. 그자는 잠시 눈을 가늘게 뜨고 분이의 얼굴을 요모조모 뜯어보고 나서 머리채를 놓으며,

"카오가 츠카에르노데 츠레떼 이코우!(얼굴이 꽤 쓸 만하니, 데려가자!)"

라고 부하에게 명령조로 말했다.

분이는 양쪽 겨드랑이를 바짝 다잡은 왜병들에게 이끌려 마을 쪽으로 끌려갔다. 마을이 가까워질수록 화염으로 인한 열기와 매운 연기 냄새가 코를 찔렀다. 분이의 집은 마을 뒤쪽에서 두 번째 집이었다. 큰 먹이를 삼킨 먹구렁이의 배 같은 돌담길을 지날 때, 담 안을 들여다보려 했으나 고개를 들기가 쉽지 않았다. 양쪽에서 팔을 꽉 잡고 늘어지는 왜병들 때문에 운신을 할 수가 없었다. 지붕은 이미 불에 타서 주저앉은 것으로 보였고, 주변은 매캐한 연기 냄새가 코를 찔렀다. 분칠이와 아버지는 어찌 됐을까. 이미 모든 것이 끝난 것일까? 새까맣게 타서 주저앉은 지붕처럼 분이의 가슴도 타서 까맣게 재가 될 듯했다.

길 좌우에 사람들이 쓰러져 있었다. 마치 술에 취해서 길바닥에 잠든 듯 보였으나 자세히 보니 이미 혼이 달아나고 없는 피투성이 시체들이었다. 아마도 산으로 도망가다 붙잡혀 왜병들의 칼에 난자당한 듯했다. 목에서 잘려 나온 옆집 사람의 머리를 본 순간, 분이는 그 자리에 주저앉을 뻔했다. 아침에 우물가에서 만났던 봉우 어머니의 부릅뜬 눈이 하필이면 자신을 원망스럽게 노려보는 듯했다. 너무 참혹해서 더 이상 눈을 뜨고는 마주 볼 수 없었다.

집 앞 키 큰 홰나무 아래를 지날 때, 분이는 다른 왜병 서넛이 황소 한 마리를 둘러싸고 서 있는 것을 보았다. 분이는 슬쩍 한번 보고도 그 소가 자기네 누렁이란 것을 알아보았다. 누렁이도 분이를 알아본 듯 고개를 쳐들고 길게 울었다. 소의 눈에 눈물이 그렁그렁 맺혀 있었다. 마치 분이를 향해 그 난리 통에 어디를 다녀왔냐고 원망 섞인 눈초리로 말을 걸고 있는 듯이 보였다. 분이는 누렁이의 눈과 마주치자 치솟는 울음을 참지 못하고 그만 소리 내어 오열했다.

농촌에서 소는 한 집안의 큰 재산이자 일꾼이었다. 누렁이는 특히 소 없는 이웃 어른들이 밭을 갈 때 데려다 쓰고 대신 분이 네 밭을 갈아주는 품앗이 역할까지 해주는 아주 기특한 짐승이었다. 분이는 누렁이를 가축이 아니라 식구처럼 아꼈다. 짬이 나면 고삐를 끌고 나가 풀을 뜯기고, 시냇가에서 목욕을 시키고, 목을 쓰다듬어주며 함께 시간을 보냈다. 그러면 누렁이는 이따금 두텁고 넓적한 혀로 분이의 뺨을 쉬엄쉬엄 핥아주곤 했다.

왜병들이 걸음을 멈추고 홰나무 그늘의 왜병들과 어울렸다. 그들은 서로 마주 보고 서서 무슨 말인가 주고받으며 즐거운 듯 웃고 떠들기 시작했다. 분이의 얼굴을 요모조모 뜯어보며 손가락질을 하기도 하고 무슨 농지거리를 주고받는지 크게 입을 벌리고 웃기도 했다. 그 사이에 분이의 겨드랑이를 낀 왜병의 손아귀가 다소 느슨해졌다. 분이는 때를 놓치지 않고 왜병의 팔을 홱 뿌리쳤다. 방심하고 있던 왜병의 손아귀를 벗어나는 순간, 활짝 열린 싸리 대문이 그녀를 단숨에 흡입하듯 끌어당겼다.

예상치 못한 돌발 상황에 주춤하던 왜병들이 곧 그녀를 뒤쫓았다. 사립문 안으로 들어선 분이는 빠른 눈길로 집안을 훑었다. 집은 예상대로 불에 타서 폭삭 내려앉았고 아버지와 분칠이의 모습은 어디에도 보이지 않았다. 저 지붕이 내려앉은 봉긋한 잿더미 속에 아버지와 분칠이 들어 있을까? 그렇다면 어떤 모습으로? 분칠이가 아버지를 등에 업고 불길 속을 빠져나가려고 애를 쓰다 당하고 말았겠지. 아니, 혹여 분칠이 재빠르게 기지를 발휘하여 집 뒷문을 통하여 산으로 피신하지는 않았을까?

그 희박한 가능성 하나에 몸을 의지하고 망연자실 서 있는 분이의 등 뒤로 칼을 빼어 든 왜병들이 달려들었다. 분이는 등 뒤의 살벌한 기척을 느끼고 뒤를 돌아보았다. 왜병의 칼날이 그녀의 머리 위에 떠 있었다. 달아나야겠다는 의지를 상실한 채 그녀는 무너지듯 그 자리에 풀썩 주저앉고 말았다.

"요~시이!"

왜병이 칼자루를 다시 고쳐 잡았다. 시퍼런 칼날이 햇빛과 부딪혀 새하얀 빛을 발했다. 분이는 눈을 감았다. 그때, 뒤쫓아 온 왜병의 우두머리가 다급하게 소리쳤다.

"쵸토 맏떼, 고로사나이데!(잠깐! 죽이지 마라!)"

동시에 어디선가 돌멩이 하나가 날아와 칼을 쳐든 왜병의 얼굴을 강타했다. 왜병이 칼을 떨어뜨리고 두 손으로 얼굴을 감싸 쥐었다. 나머지 왜병들이 돌멩이가 날아온 방향을 향해 우르르 몰려갔다. 분이는 그제야 정신이 번쩍 났다. 그러나 달아나려고 몸을 일으킨 순간, 채 한 발짝도 떼기 전에 누군가의 억센 손아귀에 덜미를 잡히고 말았다.

13. 위험한 탈주

천손은 왜병들에게 쫓겨 다시 산으로 도망쳤다. 세 명의 왜병이 담을 넘어 천손의 뒤를 쫓아왔다. 분이를 베려는 왜병의 이마를 돌팔매로 으깨어버린 대가였다. 천손의 돌팔매의 정확성은 타의 추종을 불허했다. 돌맹이 하나로 산에 가면 산토끼와 꿩을 잡고, 바다에 가면 물 위로 튀어 오르는 숭어를 잡았다. 돌팔매로 바다에 뜬 물오리도 거뜬히 사냥하는, 근동에서 소문난 투석꾼이었다. 그는 산을 오르거나 바다에 나갈 때, 적당한 크기의 돌맹이를 주워서 망태기에 담아 등에 메고 다니곤 했다.

천손은 보리밭을 지나고 계단식 천수답을 거치면서 쫓아오는 왜병들과의 거리를 벌렸다. 보리밭을 지날 때는 다부진 몸과 긴 다리가 도움이 되었고, 천수답 또한 무논에 익숙한 천손에게 유리했다. 모내기를 위해 써레질을 하고 물을 가득 머금은 무논을 지날 때, 왜병들은 발이 푹푹 빠졌고 짚신을 벗어든 천손은 몸놀림이 한결 가벼웠다.

천손은 의도적으로 마을 사람들이 피신한 언덕길과는 반대 방향으로 달아났다. 혹시 재를 넘지 않고 수풀 속에 숨어 있을 마을 사람들과 왜병들의 조우를 막기 위한 배려였다. 이쪽은 싸리나무, 굴피나무, 떡갈나무 등 잡목과 수풀이 우거져서 몸을 숨기고 도망 다니기에도 좋았다. 동작이 민첩하고 재바른 천손은 수풀 속을 요리조리 피해 다니다가 두어 식경 만에 왜병들을 완전히 따돌렸다.

비로소 자유로운 몸이 된 천손은 잠시 숨을 고르고 해변 쪽으로 방향을 잡았다. 소나무 둥치 뒤에 숨어서 왜병들의 동태를 살피던 중, 분이의 모습이 번개처럼 떠오르며 정신이 번쩍 났던 것이다.

'어떻게 되었을까, 벌써 요절이 나지나 않았을까.'

돌을 던지는 순간, 분이를 베려는 왜병을 등 뒤에서 제지하는 누군가를 본 듯했다. 돌멩이가 이미 그의 손을 벗어난 뒤였지만 그의 눈에 순간적으로 포착된 그 광경은 희박하나마 분이가 아직 살아 있을 가능성을 보여주는 모습이기도 했다. 천손은 산을 내려간 왜병들의 동선에서 되도록 먼 곳을 에둘러 산을 내려오기 시작했다. 왜병들이 수풀 속 어딘가에 숨어 있을지도 모른다는 생각에 온 신경이 칼끝처럼 곤두섰다. 무성한 잡목 사이로 왜병들의 불막대기나 칼끝이 불쑥불쑥 튀어나오는 듯하여 순간순간 모골이 송연했다. 그러나 한시라도 빨리 내려가서 분이가 처한 상황을 알아봐야 한다는 생각에 마음이 조급했다.

'아직 죽지만 않았다면 어떻게든 구해내고 말리라.'

망개나무 가시가 옷을 찢는 줄도 모르고 길 아닌 산길을 더듬어 내려오던 그는 마을에서 한 마장쯤 떨어진 해변에 이르러 걸음을 멈추었다. 다행히 바로 지척에 바다 쪽으로 돌출된 곳(岬)이 있었고, 끝부분에 은신하기 좋은 갯바위들도 많았다. 마을 쪽을 관찰하다가 여차하면 바다로 뛰어들어 도망하기에 딱 좋았다. 갯바위 뒤에 숨어 선착장 쪽을 바라보니 알록달록 깃발과 장막을 두른 배들이 늘어 서 있고 안쪽 공터에는 많은 사람들이 운집해 있었다. 열을 지어 앉기도 하고 몇몇은 바쁘게 돌아다니기도 했는데 연기가 모락모락 치솟는 것으로 보아 아마도 큰 불을 피워놓고 무언가 취사 행위를 하고 있는 듯했다. 가마솥을 걸고 소나 돼지를 잡아 삶거나 구워 먹고 있는지도 몰랐다.

생각이 거기에 미치자 정말 고기 굽는 냄새가 코끝에 전해 오는 듯도 했다. 왜놈들이 끌고 가던 분이의 소가 머릿속에 떠올랐다. 분이가 얼마나 애지중지하던, 식솔 같은 가축인가. 그러다가 또, 사람도 개돼지처럼 죽어 나가는 판인데, 하는 마음으로 곧 그 생각을 떨쳐 버렸다.

분이의 동태를 파악하려면 좀 더 마을 가까이 숨어들어야 할 것 같았다. 해가 질 때까지 기다리면 되겠지만 그사이에 어떤 위태로운 상황에 직면하게 될지 모를 일이었다. 당장 구출하지 않으면 안 될 상황들이 불쑥불쑥 떠올라서 한시라도 가만히 엎드려 기다릴 수가 없었다. 천손은 마을 쪽으로 숨어들기 위해 최대한 몸을 바짝 낮추고 바위틈에서 기어 나왔다.

그때, 공터 안쪽에서 선창 쪽으로 걸어 나오는 대여섯 명의 여자들이 눈에 들었다. 왜군들이 거들치마와 몽당치마를 입은 젊은 여자들을 선창 쪽으로 몰아세우고 있었다. 그중의 한 여자에게 천손의 시선이 못 박혔다. 입고 있는 의복과 몸맨두리, 걸음걸이가 영락없는 분이였다. 천손은 가슴이 찌르르 울었다.

'분이야, 살아는 있구나. 살아 있다면 어떻게든 널 구해낼 수 있을 거야. 조금만 더 참고 기다려.'

선창 끝에 다다르자 왜병들은 여자들을 두 척의 배에 각각 나누어 실었다. 맨 먼저 분이를 대장선으로 보이는 큰 배에 싣고 나머지 세 처녀를 그보다 좀 더 작은 배에 실었다. 먼발치에서 분이의 동태를 왼눈 한 번 깜박이지 않고 지켜보던 천손의 가슴이 철렁 내려앉았다.

'저놈들이 지금 당장 떠나려는 것인가. 이대로 분이를 싣고 어디론가 먼 곳으로 가버리려는 것일까. 혹시 놈들이 지금 당장 왜국으로…?'

왜군들이 분이와 두 여자를 태우고 당장 떠날지도 모른다는 생각이 들자 천손의 마음은 더욱 다급해졌다. 한달음에 선창으로 달려가

93

고 싶었으나 경거망동하면 일을 그르칠 수도 있었다. 선창에는 벼락 같은 폭음을 내는 불막대기와 긴 칼을 든 왜병들이 수백 명이나 운집해 있었다. 아무런 무장도, 대책도 없이 무작정 그곳으로 뛰어든다는 것은 섶을 지고 불 속으로 뛰어드는 것과 다름없었다. 그렇다고 마냥 손 놓고 지켜볼 수만은 없는 처지라, 천손은 우선 해안의 자갈밭을 기어서 선창 바짝 가까이 다가가 보기로 했다.

14. 풍전등화(風前燈火)

왜병들에 의해 배 안으로 끌려 들어간 분이는 컴컴한 방안에 억류되었다. 왜병은 등 뒤로 돌려 옭아맨 손목의 밧줄을 풀어주지도 않았다. 왜병의 거친 손길에 내동댕이쳐진 그녀는 다다미가 깔린 바닥에 엉덩방아를 찧으며 거꾸러졌다. 일어나 보려고 한쪽 어깨로 바닥을 짚고 다리에 힘을 주자 엉덩이가 머리보다 위로 치솟은 꼴이 되었다. 그러자 왜병은 칼을 든 팔을 뻗어 칼끝을 그녀의 국부에 들이대고 희롱했다. 분이의 몸이 불에 그을린 개가죽처럼 오그라붙었다.

"아또데 요이 코토가 아르데시요우!(나중에 좋은 일이 있을 것이다!)"

칼끝으로 단속곳을 헤집으며 분이를 농락하던 왜군은 음험하고 냉랭한 미소와 함께 뜻 모를 말 한마디를 남기고는 휑하니 계단을 되짚어 갑판 위로 사라졌다. 어둑한 실내에 극도의 공포감과 함께 서늘한 침묵이 조여들었다.

모로 누워 몸을 편안히 하고 정신을 가다듬어 보려고 애쓰면서 분이는 주위를 찬찬히 휘둘러보았다. 처음엔 어둠 때문에 사물들이 눈에 잘 들어오지 않았으나 시간이 흐르자 천천히 윤곽이 드러났다. 휘장을 양쪽으로 걷어 놓은 방안은 깔끔하게 잘 정돈되어 있었다. 자그마한 방이지만 조선의 대갓집 안방에서나 볼 수 있는 꽤 고상한 분위기였고 실내에는 은은한 향내가 났다. 휘장 밖을 내다보니 선실 공간은 꽤 넓고 가장자리 쪽으로 줄지어 늘어선 노대가 보였다. 양쪽으로 늘어선 노대의 중심에 커다란 북이 하나 걸려 있었다.

분이는 아무런 저항도 탈출도 할 수 없는 어둠 속에 갇혀버렸다는 두려움에 절망했다. 누가 무슨 짓을 저질러도 꼼짝 못하고 당할 수밖에 없는 처지였다. 불확실한 미래가 먹구름처럼 몰려들어 가슴 밑바닥에 차곡차곡 쌓이는 듯했다.

망연한 눈길로 주위를 둘러보던 분이는 갑자기 비통한 생각들이 밀려들어 머리를 바닥에 짓찧으며 오열했다. 가슴이 찢어지는 듯했고, 걷잡을 수 없이 눈물이 쏟아졌다. 어떻게 벌건 대낮에 그런 열두 지옥 같은 일이 벌어질 수 있었을까. 한 번도 상상해본 적 없고 또 어떤 악몽에서도 만나보지 못한 일이었기에 생각할수록 기가 막히고 억장이 무너질 뿐이었다.

'불타서 주저앉은 텅 빈 집, 종적을 알 수 없는 분칠이와 아버지…'

두 주검을 직접 목격하지 않았기에 한 가닥 생존의 가능성은 남아 있지만 도처에 피범벅이 되어 널브러진 시신들을 생각하면 그 가능성에 조금도 희망을 걸어볼 수 없었다. 건강하던 이웃들조차 그렇게 처참하게 죽임을 당했는데 어떻게 불구인 아버지와 분칠이가 무사할 수 있었겠는가. 왜놈들의 칼에 당했을 수도 있고, 아버지를 등에 업은 분칠이 필사적으로 불길 속을 헤쳐나오려다가 집채가 무너져 내리는 불덩이와 함께 매몰되었을 수도 있었다. 두 부자가 살아남을 가능성은 소가 바늘귀를 통과하는 일만큼이나 희박해 보였다.

천손은 어떻게 되었을까. 담 너머 돌팔매가 날아온 쪽으로 왜군들이 칼을 들고 쫓아가던 광경이 떠올랐다. 동작이 재빠르고 꾀가 많은 사람이니 무사히 피신했을 수도 있다.

'제발 그 사람만이라도 용케 살아남아 이 어처구니없는 사태를 세상에 전하고 우리 불쌍한 분칠이와 아버지의 뒷수습이라도 좀 해줄 수 있다면…. 이제 나는 어떻게 되는 것일까…'

자신의 경거망동으로 천손까지 위태롭게 했다는 자책감에 분이는 가슴이 미어터지는 듯했다. 기왕지사 벌어진 일, 천손의 말을 듣고 좀 더 진중히 생각하고 행동했더라면 나중에 식구들의 시신이라도 거두어 온전히 장례라도 치를 수 있을 텐데. 지금 와서 생각해 보니 무엇에 홀린 듯 정신없이 등불 속으로 날아든 불나방 같은 꼴에 지나지 않았다. 자신의 처지를 생각하니, 당장 혀를 깨물고 죽고만 싶은 심정이었다.

어쩌다 이 지경에 이르게 되었을까. 고요하고 화평하던 동네에

회오리처럼 날아든 이 생지옥을 어떻게 이해하고 납득할 수 있단 말인가. 선창 앞, 타작마당에서 벌어졌던 그 기막힌 일들이 간밤에 꾼 악몽처럼 눈앞에 선연했다.

왜병들에게 머리채를 붙잡힌 채 끌려간 곳은 박참봉 댁 앞 타작마당이었다. 마을 사람들이 삼삼오오 모여서 잡담을 나누기도 하고 회합을 열기도 하는 동네 쉼터였다. 동네에서 인륜에 어긋나는 행동을 하거나 도둑질을 하는 등 크게 질서를 어지럽히는 망나니가 있으면 멍석말이로 본때를 보여주는 곳이기도 했다. 그렇게 늘 눈에 익은 사람들이 모여 있던 곳에 난생, 처음 보는 괴상한 복장의 군사들이 모여서 법석을 떨고 있었다. 가마솥을 걸고 숯불을 피워 고기를 삶고 굽는 등 취사 준비를 하고 있었는데 거기 모인 사람들은 자그마치 수백 명에 이르렀다.

분이는 다른 네 명의 동네 처녀와 함께 오라에 손이 묶인 채 마당 한쪽 구석에 억류되었다. 동네에서 행세깨나 하는 박참봉댁 기와 담장 밑이었다. 공교롭게도 바로 그 앞쪽의 아름드리 느티나무에 등을 기대고 그녀는 바다를 건너서 올 천손을 애타게 기다리곤 했었다. 물고기 꿰미를 손에 들고 잰걸음으로 다가오는 천손의 서늘한 눈매를 마주하면 저도 모르게 가슴이 찌르르 울었던 기억이 새로웠다.

거기서 그녀는 차마 눈 뜨고는 못 볼 광경을 또 봐야 했다. 보고 싶지 않아도 저절로 눈에 들어온 광경은 말로만 듣던 열두 지옥 그

자체였다. 고샅길에 죽어 나자빠진 사람들은 물론이요, 타작마당에서 가축을 도륙하는 과정에서도 왜군들은 지옥의 한 축소판을 보여주는 듯했다. 왜군들은 소를 도축하면서 잔혹성과 야만성을 여지없이 드러냈다.

먼저 칼로 소의 목을 겨냥하고 깊숙이 찔렀다. 단번에 숨통을 끊어 놓으려는 시도로 보였는데 단방에 실패하자 갑작스런 고통에 놀란 소가 펄쩍 뛰었다. 순간, 느티나무 둥치에 묶인 고삐가 팽팽해지면서 그 반동으로 땅바닥에 풀썩 주저앉았다. 소의 목에서 밑 빠진 독에 물이 새듯 검붉은 피가 콸콸 쏟아졌다. 순식간에 흘러내리는 붉은 피로 바닥이 흥건했다.

조선의 백정이 소를 잡을 때는 큰 고통 없이 단번에 처리한다. 끝이 뾰족한 망치로 정수리의 급소를 내리쳐서 기절시킨 다음 목의 동맥을 찔러 피를 뽑아낸다. 소 피도 함부로 다루지 않고 물동이에 정갈하게 받아 낸다. 그런 다음 간단한 제상을 차려 축생의 극락왕생을 빌어준다. 축생의 생명을 귀히 여기고 고통을 함부로 대하지 않겠다는 배려심이 배어 있는 것이다. 또 한편으로는 죽는 줄도 모르게 기절시키고 피를 깨끗이 뽑아내야만 고기가 질기지 않고 고기 맛도 좋다는 걸 익히 알기 때문이기도 했다.

그러나 왜군들은 도축에 대해서 무지막지했다. 축생의 고통에 대한 배려는 눈을 씻고도 찾아볼 수 없었고 생명의 존엄에 대해서도 무뢰한이었다. 소가 땅바닥에 드러눕자 예닐곱 명의 군사들이 칼을 들고 다가들더니 아직 버둥거리는 소의 목을 베어 몸통과 분리했다. 이어 칠팔 명의 군사들이 가죽을 벗기고 배를 갈라 창자를 제거했다. 그런 다음 더욱 많은 군사들이 들개처럼 달려들어 갈비뼈와 하지를 분리하고 살을 발라냈다. 큰 소 한 마리가 순식간에 해체되고 뼈만 앙상하게 남았다.

다음은 장군이 차례였다. 왜군들이 고삐를 낚아채서 앞에서 끌고 뒤에서 채찍을 휘둘러 장군이를 느티나무 둥치 쪽으로 몰아가려 했다. 그러나 장군이는 다른 암소들과는 달랐다. 진동하는 피 냄새와 바로 목전에서 벌어지는 참혹한 광경이 무엇을 의미하는지 이미 눈치를 챈 듯했다. 왜군이 앞에서 고삐를 끌자 코와 입으로 흰 점액질의 분비물을 질질 흘리며 네발로 완강히 버텼다. 그때, 뒤쪽의 왜군이 장군이의 엉덩이를 세차게 후려쳤다.

바로 그 순간, 분이의 눈을 의심케 하는 놀라운 일이 벌어졌다. 채찍을 든 왜군이 갑자기 퍽! 하는 소리와 함께 뒤로 벌렁 나자빠지더니 땅바닥에 맥없이 고꾸라졌다. 장군이가 뒷발질로 순식간에 왜군의 가슴팍을 걷어차 버린 것이었다. 왜군은 가슴을 두 손으로 움켜쥐고 땅바닥을 뒹굴었다. 칼을 든 왜군들이 장군이의 주변으로 몰려들었다. 그때부터 장군이는 미친 듯 날뛰기 시작했다. 눈을 하얗게 까뒤집고 달려드는 왜군을 향해 종횡무진 돌진하여 발로 짓밟거나 뿔을 좌우로 흔들어 닥치는 대로 들이받았다. 순식간에 몇 명의 왜군이 장군이의 뿔에 떠받쳐 나가떨어졌다.

그때 범의 털가죽처럼 알록달록한 복장을 한 왜군이 날쌘 동작으로 달려들어 장군이의 엉덩이를 칼로 내리쳤다. 뜨거운 통증에 놀란 장군이가 하늘을 향해 절구질을 하듯 펄쩍 뛰어오르는가 싶더니 곧 몸을 돌려 달아나기 시작했다. 잠시 정신을 놓고 멍하니 바라보던 왜군들이 장군이를 허겁지겁 뒤쫓았다. 잠시 후, 벼락 치는 소리 같은 날카로운 파열음이 마을 안쪽에서 연속으로 들려왔다.

'장군이는 어찌 되었을까…'
산으로 달아났다면 살아남을 수도 있겠지만 집 쪽으로 갔다면 필시 왜군들의 손에 붙잡혀 죽고 말 것이다. 원래가 무지몽매한 짐승이니 상황 판단을 제대로 했을 리 없다. 집에 가면 식구들이 있고 안전하게 보호받을 수 있을 거란 생각에 집으로 달아났을 가능성이 커 보였다. 설령 산으로 도망을 했더라도 엉덩이에 크게 자상을 입고 피를 많이 흘렸을 텐데 누가 돌보아주지 않으면 어떻게 살아남을 수가 있을까. 왜군들이 소를 잡던 잔혹한 광경이 떠올라서 그녀는 눈을 질끈 감고 고개를 떨구며 흐느꼈다.

분이는 잠시 후 자포자기 상태로 방바닥에 길게 드러누웠다. 상황을 볼 때 모든 것이 끝이라는 생각이 들었다. 이제 그 누구의 눈길도 닿지 않는 왜장의 배 깊숙한 곳에 갇혀버렸고 손이 등 뒤로 묶였으니 어떻게 탈출할 엄두도 낼 수가 없다. 천손이 구하러 온다는 기대도 할 수 없거니와 설사 구하러 온다 한들 둘 다 죽는 길밖에 다른

도리가 없을 듯했다. 그럴 바엔 차라리 자신이 혀를 깨물고 죽는 편
이 나을 거라는 생각이 들었다.

15. 어스름 달빛 속에서

천손은 날이 어두워지자 다시 마을로 숨어들었다. 그의 머릿속에는 분이가 갇힌 배의 어디쯤 구멍을 내고 들어가서 그녀를 구출해야 한다는 일념뿐이었다. 그는 자신이 꾀하고자 하는 일에 소용될 몇 가지 연장을 구하기 위해 마을 안쪽으로 잠입해 들어갔다.

다행히 왜군들은 당장 배를 돌려 떠날 기미는 아니었다. 아직 고기를 굽고 삶아서 소금에 절이고 궤짝에 차곡차곡 담아 배로 옮기고 있었다. 아마도 우선 배를 채울 건 채우고 나머지는 예비 식량으로 저장할 목적인 듯했다. 고기와 식량뿐만 아니라 그림, 도자기 목가구, 서책, 질그릇 등 반가에서 소장하고 있던 귀중품들도 탈취하여 바리바리 실어다 날랐다.

왜군들의 시야에서 완전히 벗어나 마을 깊숙이 들어서자 여기저기 마을 사람들의 시신이 나뒹굴고 있었다. 죽어 나자빠진 사람들은 대개 남자들이었다. 조선 땅에서 고추 달린 것은 사람이든 짐승이든 씨를 말리라는 풍신수길의 명을 왜군들이 충실히 따른 결과였다. 사방에 널린 시신을 보고도 조금도 무섭다는 생각이 들지 않았다. 속에는 분기가 들끓고 있었고 머릿속엔 어떻게 하면 분이를 구할 수 있을까, 하는 오만 가지 생각들이 교차하고 있었다.

천손은 괴괴한 달빛을 의지해 마을의 꽤 행세하던 유지의 집으로 보이는 큰 저택으로 잠입해 들어갔다. 반쯤 불타다 남은 기와집인데 헛간은 온전히 남아 있었다. 재와 오줌이 비벼진 거름 냄새가 진동하는 헛간을 뒤져 자귀와 낫 활비비를 거두었다. 다른 집으로 가서 세(細)톱을 구하고 또 그 이웃으로 가서 새끼줄과 망태기를 구했다. 획득한 연장들을 망태기에 담아 줄로 단단히 묶어 어깨에 둘러멨다.

다시 바닷가로 나와 보니 왜선들이 하나둘 선창을 떠나가고 있었다. 천손은 눈을 홉뜨고 분이를 태운 대장선을 찾았다. 화려한 깃발들로 치장한 대장선은 제일 앞서 발선한 듯했고 나머지 대여섯 척의 배가 그 배를 호위하며 뒤따르고 있었다. 천손은 왜군들이 분이를 싣고 아주 떠나가는 줄 알고 발을 동동 굴렀다. 가슴이 쿵쾅거리며 무섭게 뛰고 입이 바짝바짝 타는 듯했다.

하지만 아직 절망할 단계는 아니었다. 선창에 절반 이상의 배가 남아 있었다. 그중의 한 척에 붙어가면 앞서고 뒤서고의 차이일 뿐 언제 어디서든 합류할 것이란 생각이 들었다.

어스름 달빛에 의지하여 선창 가까이로 바짝 숨어든 천손은 물가의 작은 갯바위 뒤에 몸을 납작 엎드려 은신했다. 자갈밭에 고인 바닷물에 옷이 축축히 젖어 들었지만 찬 기운도 느끼지 못했다. 어떻게든 왜군들이 눈치채지 못하도록 아직 발선하지 않은 배로 숨어들어 뒤따라갈 작정이었다. 선창에 남은 배는 다섯 척이었고, 불막대기와 긴 칼로 무장한 왜군들이 경비를 서고 있었다. 천손은 왜군들의 동정을 주시하며 조금씩 조금씩 선창 가까이로 이동해 갔다. 하지만 어찌 된 영문인지 나머지 배들은 떠나갈 움직임을 전혀 보이지 않고 있었다.

다시 바다 쪽을 살펴보니 먼저 떠난 배들은 선창에서 한 두어 마장쯤 떨어진 곳으로 이동해 있었다. 더 이상 외해 쪽으로 나아가지 않고 하나의 배를 중심으로 크게 원을 그리며 빙빙 돌기만 했다. 자세히 보니 술래잡기를 하듯이 서로 꼬리에 꼬리를 물고 유희를 즐기고 있는 듯했다. 여럿이 함께 내지르는 함성이 들려오고 간간이 노랫소리도 들렸다.

천손은 무리 지어 휘도는 왜선들 가운데 분이가 타고 있을 대장선을 찾았다. 원의 중앙에 떠 있는 화사한 불빛의 큼직한 배가 대장선인 듯했다. 왜선들은 두어 시각 가까이 유희를 즐기더니 밤이 야심해지자 놀이를 멈추고 다시 대오를 새로이 갖추었다. 대장선을 가운데 두고 7~8척의 배가 흡사 생선 비늘처럼 양쪽에서 마주 보고 늘어선 형상이었는데 그러고 나선 더 이상 움직이지 않았다.

햇불을 든 왜군들이 이 배에서 저 배로, 왕래하는 어수선한 분위기가 멀리서도 어렴풋이 감지되었다. 다시 노랫소리가 들리고 이따금 북소리도 들렸다. 왜군들은 배를 바다에 띄워 놓고 술을 마시고 노래를 부르며 유흥을 즐기는 듯했다. 노랫소리는 어딘가 모르게 귀에 익은 가락이었다. 여자의 목소리가 들리다가 끊어지면 남자들의 웃음소리와 낯선 가락의 노랫소리가 뒤를 이었다.

선창에 정박한 배들은 여전히 움직일 기미를 보이지 않고 있었다. 천손은 아침에 자신이 타고 와서 선창에 묶어둔 배로 이동해야 할까, 하고 잠시 생각했지만 곧 포기했다. 배로 이동하는 과정에서 왜군에게 발각되는 날에는 모든 것이 수포가 되고 말 것이었다. 단 한 가지 방책은 기어서 바닷물 속으로 숨어들어 잠수로 안전한 거리까지 헤엄쳐서 빠져나가는 수밖에 없을 것이었다. 천손은 어깨에 둘러 맨 망태기를 바짝 조여 매고 기어서 물속으로 잠입했다. 분이를 되찾아 올 수만 있다면 왜국이 아니라 이 세상 끝까지라도 따라갈 작정이었다.

천손은 선창의 왜군들이 눈에 띄지 않도록 최대한 오랫동안 물밑에서 헤엄을 친 다음, 물 밖으로 고개를 내밀고 숨 돌렸다. 그렇게 예닐곱 번 잠수하고 고개를 들었을 때, 선창은 까마득하고 바다에 뜬 왜선의 무리들은 바짝 눈앞에 가까워져 있었다. 천손은 조심스레 고개를 들고 대장선을 찾았다.

16. 생과 사의 갈림길

분이는 방향 감각을 잃은 딱정벌레처럼 바닥을 뒹굴다가 한참 만에야 몸을 추슬러 중심을 잡고 앉았다. 천장 위쪽에선 여전히 발 구르는 소리와 어수선한 인기척이 들려오고 있었다. 시간이 흐를수록 다음 순간들이 어떤 상황으로 전개될지 조금도 예단할 수 없었다. 어떤 행운이나 구원의 손길도 기대할 수 없었다. 욕정에 굶주린 왜놈들의 성 노리개로 전락하고 말 것인지, 꼼짝없이 왜국으로 끌려가서 놈들의 노예가 될 것인지, 마을 안길에 널브러진 참혹한 시신들마냥 왜군의 칼날에 무참히 난도 당하고 말 것인지.

반실성 상태로 멍하니 생각에 잠겨 있는데 상갑판과 연결된 계단으로부터 왜군들이 우르르 몰려들었다. 잠시 후, 사방에 횃불이 밝혀지고 실내가 훤히 드러났다. 웃통을 벗어 던진 십수 명의 팔뚝 굵은 사내들이 눈에 들어왔다. 그들은 웃고 떠들며 익숙한 동작으로 양쪽으로 갈라서더니 질서정연하게 늘어서 노대를 잡고 경쾌한 율동으로 노를 젓기 시작했다. 무거운 짐을 옮길 때 함께 부르는 노동요의 추임새 같은 합창이 선실 가득 울려 퍼졌다. 20여 명의 사내들이 가락과 율동에 맞춰 노를 젓는 동안 배는 굼실대며 천천히 돌면서 어디론가 이동하는 느낌이 전해져 왔다.

'어디로 가는 것일까. 이대로 마을을 떠나 어디 먼 곳으로 가려는 것일까. 아버지와 분칠이의 생사도 모른 채 이대로 영영 정든 집과 이별하고 마는 것인가.'

배는 두어 식경 정도 천천히 나아가는 듯했다. 그러다가 갑자기 노꾼들이 일제히 동작을 멈추고 노대에서 물러났다. 또 한바탕 잡담과 웃음소리로 떠들썩하더니 사내들은 다시 계단을 통하여 갑판 쪽으로 우르르 몰려갔다. 다시 적막이 쌓였다. 먼 곳으로 가지 않아서 그나마 다행이란 생각에 한숨을 폭 내쉬는데 이번에는 웬 덩치 큰 사내가 모습을 드러냈다. 그는 큼직한 몸피로 불빛을 가리며 마치 귀신이나 도깨비 같은 서늘한 기운을 몰고 다가왔다. 집게발을 한껏 치켜세운 꽃게 같은 요란한 복장을 한 사내였는데 그는 당당하고 으쓱대는 걸음으로 바짝 다가와, 한바탕 호방한 웃음을 터뜨렸다. 듣는 사람의 애간장을 오그라들게 만드는 음험하고 징그러운 웃음소리였다. 등골을 타고 한 줄기의 소름 기가 흘러내렸다.

사내는 손에 들고 있던 긴 칼을 뻗어 분이의 하복부에 들이댔다. 분이가 몸을 옹송그리자 사내는 칼끝으로 분이의 치마를 천천히 걷어 올렸다. 잠시 후, 분이의 시야가 깜깜해졌다. 그녀의 치마가 얼굴을 덮어버린 것이었다. 사내는 고쟁이의 가랑이 속으로 교묘히 비틀듯 칼끝을 집어넣었다. 차가운 쇠의 감촉이 여체의 가장 은밀한 부분까지 파고들었다. 분이가 더욱 몸을 옹송그리자 사내는 낄낄대며 한바탕 웃고는 순식간에 칼날을 들어 올려 고쟁이를 샅에서 배꼽 부분까지 가볍게 찢어버렸다.

어떻게 칼을 움직였는지 알 수 없지만 분이는 살갗 하나 다치지 않았다. 사내가 등 뒤쪽의 누군가에게 뭐라고 명령조로 한마디 던지는 듯했다. 그러자 누군가 성큼 안으로 들어와 분이의 얼굴을 가린 치마를 내리고 손의 밧줄을 풀어주었다. 분이의 시야가 다시 밝아졌다. 밧줄을 풀어준 자는 얼굴이 눈에 익었다. 아마도 산길에서 처음 그녀와 맞닥뜨렸던 왜군 중 하나인 듯했다. 왜장이 그를 향해 눈짓을 하자 그는 깍듯이 고개를 한번 꺾어 보이고는 되돌아 나가면서 양쪽에 늘어진 휘장을 끌어다 뒤를 막았다. 분리된 공간이 오히려 더 밝아지는 느낌이었다. 주위를 둘러보니 어느새 실내의 가장자리 쪽에 함박 꽃송이 같은 등잔불이 고요히 타오르고 있었다.

흔들리는 등불을 막아서며 왜장은 득의만면한 웃음을 띠고 천천히 옷을 벗기 시작했다. 거추장스럽게 보이는 갑옷을 벗고 팔다리가 꽉 끼는 듯한 겉옷도 벗어 던지고 끝내는 근육질로 보이는 몸에서 속옷까지 훌훌 벗겨 냈다.

"스쿠시이, 스쿠시이, 도떼모 스쿠시이!"(예쁘네, 예쁘네, 아주 예뻐!)

금방 알몸으로 변한 사내가 알 수 없는 말소리를 신음처럼 내뱉으며 먹이에 굶주린 짐승처럼 분이에게 달려들었다. 분이의 볼과 가슴 언저리가 사내의 뜨뜻미지근한 타액으로 축축하게 젖어 들기 시작했다. 분이는 목을 요리조리 비틀어 사내의 거친 입술을 피해 다녔다. 그러나 사내의 강건한 뿌리가 그녀의 깊숙한 곳을 파고들 무렵, 더는 견디지 못하고 발악적으로 사내의 귀를 물어뜯었다. 사내가 비명을 지르며 벌떡 일어섰다. 금방이라도 눈알이 튀어나올 듯 무섭게 일그러진 얼굴이었다. 사내는 단칼에 요절을 내겠다는 듯 칼을 쑥 뽑아 들고 분이를 노려보았다.

분이는 눈을 감았다. 너무 참담한 일을 많이 겪었고 모든 것을 포기하였기 때문인지 아무런 생각도 떠오르지 않았다. 죽음에 대한 공포도, 삶에 대한 미련도 없었다. 그저 머릿속이 횅했고 막연히 얼른 죽고 싶다는 생각밖에 없었다.

하지만 얼른 죽는 일도 그녀의 뜻대로 되지 않았다.

"요~이!"

무섭게 다문 입술 사이로 짓씹는 듯한 한마디가 터져 나왔다. 무슨 생각에선지 사내는 칼을 버리고 무지막지한 폭력을 휘두르기 시작했다. 사내의 무차별적인 발길질이 턱과 가슴팍을 후려칠 때 그녀는 비명도 제대로 내지 못했다. 감당키 어려운 고통이 가슴에서 명치를 거쳐 하복부까지 창자를 저미듯 오르내렸다. 소리 없는 단말마의 비명과 고통이 뒤엉키며 일순간, 정신이 혼미해졌다. 분이는 사내의 주먹이 허벅지를 서너 차례 더 가격하자 잠시 혼절했다. 그 후로 미명의 시간이 얼마나 흘렀는지는 모른다.

　다시 정신을 차리고 보니 딱딱한 돌기가 그녀의 국부를 이미 침범한 상태였다. 천손의 얼굴이 눈앞을 스쳐 갔다. 이제 정말 모든 것이 끝났다는 생각에 눈물이 절로 솟아났다. 분함과 혐오감을 더는 견딜 수 없었다. 그녀는 윗니를 혀의 중간쯤에 올려놓고 힘껏 깨물었다.

17. 야만의 유희

천손은 왜군의 대장선을 향해 은밀히 접근했다. 선상에서는 노랫소리와 발 구르는 소리, 말소리와 웃음소리가 뒤섞여 왁자지껄했다. 수면에는 눈부시게 은파가 일렁이고 멀지 않은 곳에 요조한 달이 물에 잠겨 있었다. 대장선은 다른 배들의 호위를 받듯 중심에 떠 있었고 좌우에는 다른 예닐곱 척의 배가 조판을 걸치고 갈비뼈처럼 늘어서 있었다.

천손은 물밑으로 잠수하여 대장선의 후미로 접근했다. 내부 구조는 정확히 알 수 없지만 일단 왜놈들의 눈을 피할 수 있는 곳이 꽁무니 쪽이란 판단이 섰다. 대장선의 후미는 다른 배들보다 한 두자는 더 높아 보였다. 양쪽에 꼬리가 돌출되어 있고 선체는 저판과 망루(야그라) 사이에 2층 갑판을 이루고 있는 것으로 보였다. 하갑판은 격군들이 노를 젓는 곳이고 망루 아래 상갑판은 전투갑판으로 보였다.

아버지를 따라 판옥선을 구경한 경험에 비추어 볼 때 나름으로 그렇게 짐작되었다.

천손은 상갑판 후미에서 바다 아래로 팽팽하게 늘어진 닻줄을 잡고 위를 올려다보았다. 나무를 찍고 구멍을 내어 안으로 들어가려면 저판과 하갑판이 접한 곳으로부터 두어 뼘 위가 적합할 듯했다. 그러나 닻줄을 잡고서라도 작업을 하려면 발을 딛고 설 작은 틈이라도 있어야 하는데 후미에는 그런 돌출된 틈이 보이지 않았다. 발 디딜 곳이 있어도 오랜 시간 닻줄에 매달려서 작업하기란 쉬운 일이 아니었다.

천손은 다시 물 밑을 잠수하여 선수 쪽으로 가보았다. 왜선들은 판옥선과 달리 침저선의 형태였다. 다행히도 하갑판과 저판이 접한 부분에서 앞쪽으로 두어 척 정도로 튀어나온 돌출부가 보였다. 물소리를 내지 않도록 조심하며 늘어진 닻줄 잡고 조금 기어오른 다음, 다시 저판의 돌출부를 붙잡고 몸을 솟구쳤다.

사위는 어스름 달빛 속에서 괴괴했다. 돌출부에 올라앉아 자리를 잡고 위를 살펴보았다. 앉은 상태로 손을 들어 보니 귀 높이 정도에서 선체에 구멍을 내기에 안성맞춤으로 보였다. 그 높이 정도면 하갑판으로 진입하는 데 딱 좋은 위치라는 판단이 섰다. 보초를 서는 경비병이 상갑판의 성가퀴에 붙어 고개를 길게 빼고 아래를 내려다보지 않는 한, 적의 눈에 띌 염려도 없어 보였다.

천손은 저판에 올라앉아 잠시 숨을 고른 다음 머리 위의 상갑판에서 들려오는 인기척에 집중했다. 노랫소리와 발 구르는 소리, 손바닥을 마주쳐 추임새를 넣는 소리로 여전히 시끌벅적했다. 노랫소리는 생전 들어 보지 못한 경쾌하고 간들거리는 음률이었는데 그 소리가 끝나고 잠시 후, 귀에 익은 가락의 노래가 뒤를 이었다. 어떤 여인이 부르는 그 노래는 조선의 남도 지방에서 부르는 장타령 조의 노래였다. 가늘고 애조 띤 목소리였는데 분명 분이는 아니었고, 분이 보다는 훨씬 나이가 든 중년 정도로 보였다. 어쩌면 다른 고을의 관아에서 잡혀 온 관기인지도 몰랐다.

천손은 등에 멘 망태기를 끌러서 무릎 곁에 놓고 챙겨온 연장 중에서 자귀와 활비비를 먼저 꺼냈다. 자귀가 가장 효율적이긴 하나, 자귀로 나무를 찍으면 그 울림이 배 안의 왜군에게 감지될지 우려가 컸다. 한편으론 노랫소리와 박수 소리에 묻혀 잘 들리지 않을 수도 있겠다, 싶어 시험 삼아 조심스럽게 자귀로 찍어보았다. 통통 울리는 소리가 유난히 크게 들리는 듯하여 간이 오그라들었다. 잠시 숨을 멈추고 위의 동정을 살폈다. 그러나 아무도 고개를 내밀고 내려다보는 왜군은 없었다.

천손은 젖은 옷으로 마른 나무를 축축하게 적신 후, 다시 좀 더 힘주어 판자를 찍고 나서 귀를 기울였다. 그래도 고개를 내미는 자는 없었다. 아마도 1층 선실의 격꾼들까지 모두 상갑판으로 올라가 유희에 취한 듯했다. 만약 분이가 하갑판의 선실에 억류되어 있다면 나무판자를 사이에 두고 지척에 있는 셈이었다. 그런 생각이 들자 천손의 손아귀에 힘이 솟았다. 천손은 우선 활비비로 목표지점 곳곳에 구멍을 낸 다음 자귀나 낫으로 그 구멍을 틔워 나갈 생각이었다. 작업을 하는 동안에도 그는 수시로 주변을 살펴 경계를 게을리하지 않았다.

다행히 왜선은 조선 판옥선 보다 한결 선체가 약해 보였다. 조선 판옥선이 굵은 소나무를 통으로 켜서 만들었다면 왜선은 삼나무나 녹나무 판재 두 짝을 덧대어 못으로 고정한 것이었다. 활비비로 구멍을 내다가 쇠못에 걸리고 낫질이나 자귀질을 하다가 날이 상하기도 했다.

활비비로 작은 구멍을 내고 나서 자귀로 더 큰 구멍을 틔우는 일을 수없이 반복하고 나서 천손의 얼굴은 땀으로 범벅 됐다. 다리가 저리고 팔이 아프면 물에 내려 잠시 쉬었다. 하반신을 물에 담그고 있는데도 극도의 불안과 긴장감으로 인하여 손과 얼굴에 식은땀이 흘렀다. 그렇게 얼마의 시간이 더 흘렀는지 모른다. 피멍이 든 양손이 쓰라리고 따가워서 작업을 하기가 쉽지 않았다. 고통을 참아가며 버티다가 더 이상 계속할 수 없는 상태가 되자 천손은 뭍으로 헤엄쳐 나왔다. 민가로 들어가 왜군들이 미처 찾아내지 못한 날곡식으로 기력을 보충했다. 이어, 불타다 남은 헝겊 조각을 구해 상처 난 손아귀를 동여맨 다음, 헤엄을 못 치는 분이를 태울 나무판자 하나를 구해 적당한 길이로 새끼줄을 매어두었다.

한 시각쯤 뒤에 나무판자를 끌고 다시 바다로 나왔을 때도 갑판 위의 노랫소리, 웃음소리는 여전했다. 죄 없는 사람들을 그토록 무참히 도륙하고서도 일말의 가책이나 죄의식도 없이 저토록 유쾌하고 즐거울 수 있을까. 도무지 저들은 인두겁을 쓰고는 있지만 진짜 사람은 아닐지도 모른다는 생각이 들었다.

나무판자를 저판 아래 매어두고 다시 작업에 몰두하는 동안 갑판 위의 노랫소리도 서서히 잦아들고 눈앞에는 어른들 주먹 덩어리가 드나들 정도의 구멍이 생겼다. 한쪽 눈을 갖다 대고 안을 들여다보았으나 눈앞이 캄캄했다. 무언가 시야를 가로막고 있는 듯하여 손으로 만져보니 의외로 딱딱한 게 만졌다. 배 안쪽에 약간의 공간을 두고 이중 격벽 구조로 판자를 덧댄 듯했다. 망태기에서 송곳을 꺼내어 구멍을 내어보니 바깥쪽 나무판자보다 한결 쉽게 뚫렸다.

그런데 송곳 끝에 천 조각이 걸리는 듯한 느낌이 전해졌다. 좀 더 구멍을 크게 내고 손으로 만져보았다. 손끝에 느껴지는 보드라운 감촉으로 보아 비단 천 같았다. 그제야 천손은 바로 눈앞의 공간이 누군가의 침실일지도 모른다는 생각이 들었다. 왜장의 침실이 상갑판 위에 우뚝 솟은 다락집이라면 이곳은 밀실이거나 그 아래 부장의 침실일 수도 있었다.

좀 더 구멍을 크게 내고 조심스럽게 천에도 구멍을 내어보았다. 아직 구멍이 작고 실내가 어둑해서 사물이 눈에 잘 들어오지는 않았다. 하지만 짐작만으로도 천으로 가려진 내부는 누군가의 침실임이 틀림없어 보였다. 안쪽에서 별다른 반응이 없는 걸 보니 침실의 주

116

인은 갑판 위의 유흥놀이에 참여하고 있는 듯했다.

언제라도 주인은 돌아올 수 있었다. 바깥쪽 동정을 숨기기 위해서는 안쪽 판자는 그 정도로 해 두고 우선 바깥쪽에 사람 몸 하나가 드나들 정도의 구멍을 내는 것이 중요할 듯했다. 눈을 떼고 다시 작업을 계속하려는데 머리 위가 어수선했다. 고개를 들어 보니 횃불 하나가 보름달처럼 떠 있고 사람들 말소리가 들렸다. 천손은 얼른 몸을 낮추고 기어서 물속으로 입수했다. 잠시 후, 눈과 코와 입만 물 위로 내놓고 위를 올려다보았다.

왜군 두 명이 아래를 내려다보며 수런거리다가 천손을 발견하지 못하고 곧 돌아갔다. 이제 노랫소리는 완전히 끊어지고 서로 큰 소리로 떠들거나 괴성을 지르며 크게 웃는 소리만 간간이 들렸다. 선상에서 여자들을 희롱하며 음란한 유희를 즐기고 있는지도 몰랐다. 놈들은 이렇게 민가에서 탈취한 술과 고기로 배를 채우고 납치해온 여자들을 희롱하며 밤을 지새울 작정인 듯했다.

더 이상 자귀로는 나무를 찍을 수 없었다. 노랫소리와 발 구르는 소리가 거의 잦아들었으므로 놈들의 귀에 나무를 찍는 작은 진동도 쉽게 감지될 수 있을 것 같았다. 대신 천손은 망태기에서 작은 톱을 꺼내어 주변을 조금씩 베어가며 구멍을 넓혀 가기로 작정했다. 톱날이 자주 나무에 박히는 바람에 힘은 더 들었으나 소리와 진동은 거의 없었으므로 긴장감은 한결 덜했다.

수시로 구멍에 눈을 갖다 대고 안을 살폈으나 실내가 어둑하여 사물이 눈에 잘 들어오지 않았다. 숨소리와 가느다란 신음이 들리는 듯도 했으나 물결치는 소리 때문에 분명치가 않았다. 안에 분이가 있는지, 있다면 가까이 왜군은 없는지, 배 안쪽의 상황을 알 수 없었으므로 소리 내어 말을 걸어 볼 수도 없었다. 천손은 사람 몸 하나가 드나들 정도의 구멍만 생기면 은밀히 안으로 들어가 볼 작정으로 쉴 새 없이 작업을 계속했다.

그렇게 얼마나 시간이 흘렀을까. 이제 사람 머리 하나가 수월케 드나들 정도로 구멍이 넓어졌다. 앞으로 한 시진 정도면 어른들 몸이 빠듯이 드나들 정도까지는 더 키울 수 있을 것 같았다. 한동안 작업에 몰두하다가 잠시 쉬면서 등 뒤를 돌아보니, 철마산 봉머리가 희부연하게 밝아오고 있었다.

한숨 돌리고 나서 다시 작업을 시작하려는데 안에서 어떤 기척이 들렸다. 구멍에 눈을 갖다 대고 안을 들여다보았다. 희미하던 실내에 불이 환히 켜지고 시선의 정면에서 누군가 휘장을 젖히고 안으로 성큼 들어섰다. 사방은 대갓집 안방처럼 잘 꾸며져 있었다. 그곳에 여자로 보이는 누군가가 그린 듯이, 어쩌면 죽은 듯이 미동도 없이 누워 있었다. 여인은 알몸에 겨우 옷자락을 끌어다 중요한 부분만 가린 듯했다.

실내로 들어선 사내는 손에 들고 있던 짐승 대가리를 바닥에 던지듯 내려놓았다. 낮에 먼발치에서 본 왜군 대장의 짐승 대가리보다는 좀 작아 보이는 투구였다. 그는 실신한 듯 말없이 누워 있는 여인을 기웃이 한번 들여다보고는 다짜고짜 몸에 걸치고 있던 옷가지를 훌훌 벗어 던졌다. 갑옷과 헐렁한 옷을 벗고 국부를 가린 천 조각까지 벗어던지자 사내는 완전한 알몸이 되었다. 이마는 새 길을 닦은 듯 훤했고 사타구니에는 음경이 불끈 치솟아 있었다.

술에 취한 듯 사내는 비틀걸음으로 누워 있는 여인 곁으로 다가갔다. 여인은 그때까지 미동도 없다가 사내가 저돌적으로 몸을 덮치자 비로소 잠에서 깨어난 듯 저항하기 시작했다. 여인은 혼신으로 사내를 밀어내며 우우 늑대처럼 울부짖었다. 어쩐지 말을 할 수 없는 상태인 듯했다.

야수가 먹잇감을 희롱하듯 여인을 살살 달래고 어루만지던 사내는 뜻대로 잘 안되자 완력을 휘두르기 시작했다. 우선 허벅지를 연속으로 몇 차례 가격하고는 양쪽 무릎으로 기어올라 하반신을 눌러 제압했다. 이어 큰 맹수가 작은 짐승을 덮치듯 여자의 몸을 완전히 감싸 안았다.

여인이 온몸을 뒤틀며 저항했지만 역부족이었다. 여인은 이미 지쳐버린 듯 축 늘어진 채 미동도 하지 않았다. 그러다가 어느 순간 성난 독사처럼 기습적으로 머리를 쳐들고 사내의 턱을 물어뜯었다. 사내가 펄쩍 뛰어 일어나며 양손으로 턱을 감싸 쥐었다.

"..........!"

사내는 노발대발하며 무어라 괴성을 질러대다가 돌아서서 거치대에 걸쳐 둔 칼을 쑥 뽑아 들었다.

"코노 도쿠나 모노, 잇또우데 요세츠 사세떼 야르조!(이 독한 것! 단 칼에 요절내고 말 테다.)"

사내가 여인을 향해 높이 칼을 쳐드는 순간, 천손의 입에서 비명 같은 일갈이 터져 나왔다.

"안돼! 이 미련한 짐승 같은 놈아!"

천손은 손에 쥐고 있던 자귀로 미친 듯 배를 찍기 시작했다.

'곡식에 가축까지 모조리 쓸어가고 그도 모자라 죄 없는 조선의 여인들까지 잡아다가 유린하고 죽이기까지 하려느냐! 남정네들 닥치는 대로 잡아 죽였으면 여자들이라도 온전히 남겨 둬야지 아예 조선 사람 씨를 말릴 작정이냐! 이 무지막지한 악귀 같은 놈들아!'

이를 악물고 통분을 쏟아내며 정신없이 나무를 찍다가 안의 동정을 살피기 위해 조심스럽게 구멍에 눈을 갖다 대려는 순간, 안에서 칼끝이 불쑥 튀어나왔다. 반사적으로 몸을 틀어 빠르게 찔러오는 칼끝을 겨우 피했다. 하마터면 눈을 찔려 그 자리에서 즉사할 뻔했다.

긴 칼은 되돌아갔다가 천손이 조금 떨어져 안쪽을 살피려고 기웃거리는 순간, 다시 튀어나왔다. 이번에도 재빨리 피한 다음, 자귀로 튀어나온 칼등을 몇 차례 꽝꽝 내려쳤다. 칼날이 구멍 아래쪽 나무에 박혀버렸고 사내는 그 칼을 빼내려고 안간힘을 쓰는 듯했다. 천손은 쉴새 없이 자귀로 내려쳐서 칼날을 더욱 깊이 박아버렸고, 결국 칼은 중동에서 뚝 부러지고 말았다. 안을 들여다보니 사내가 주섬주섬 옷을 주워 입고 휘장 밖으로 튀어 나가는 것이 눈에 들었다.

"분이야!"

천손이 구멍에다 입을 바짝 갖다 대고 다급히 불러보았다. 안에서 맥없이 널브러졌던 여인이 화들짝 놀란 듯 몸을 반쯤 일으켰다. 그녀가 소리 나는 쪽으로 고개를 돌리는 순간, 천손은 그녀를 알아보았다. 분명 분이었다. 분이도 천손을 알아본 듯했다. 그러나 그새 벙어리라도 된 듯 말을 못 하고 우우우~ 늑대 울음 같은 이상한 소리를 냈다. 계속 무슨 말인가를 하려고 하는데 혀가 말을 잘 듣지 않는 듯했다.

구멍에 귀를 대고 자세히 들어 보니, '우지마, 우지마!'로도 들리고 '오지마 오지마!'로도 들렸다. '토마가 어여 도마가'로도 들리고 '투마가 어저 두마가'로도 들렸다.

"분이야, 나야 나! 천손 오라비다!"

천손은 견딜 수 없이 마음이 안타깝고 다급했다. 기분 같아선 당장 안으로 뛰어들고 싶지만 아직 구멍은 너무 작았다. 천손은 다시 나무를 찍기 위해 자귀를 들었다. 그때였다. 머리 위에서 사람들이 웅성거리는 소리가 들렸다. 고개를 들고 치어다 보니 왜군들이 상갑판 성가퀴에 붙어서서 아래를 향해 조총을 겨누고 있었다.

천손은 재빨리 물속으로 몸을 던졌다. 불막대기가 쏟아내는 파편에 맞으면 크게 상처를 입거나 죽음을 면치 못한다는 것을 그는 이미 낮에 직접 두 눈으로 목도했다. 화살보다 빠르고 그 파괴력도 조선 활보다 훨씬 높아 보였다. 불막대기를 피하기 위해서는 최대한 멀리 물밑 잠수로 달아나는 수밖에 도리가 없었다. 사방에서 파편이 튀었으므로 천손은 최대한 깊이 잠수하여 크게 갈지자를 그리며 헤엄쳐 달아났다. 선창에서 한 마장 정도 떨어진 뭍에 올라서는 갯바위에 몸을 은신하고 잠시 숨을 골랐다.

'이제 어떻게 해야 하나?'

분이의 목숨은 풍전등화나 다름없었다. 왜군들이 분이를 그냥 둘 것 같지 않았다. 그렇다고 다시 배로 돌아간 들 자신의 목숨을 더 희생하는 것 말고는 무슨 뾰족한 수가 있을까.

'그래도 가야 한다. 죽어도 분이와 같이 죽고 살아도 같이 살아야 한다. 도저히 목숨을 부지할 수가 없다면 분이와 함께 기꺼이 죽으리라.'

다시 갯가로 나와 바다 쪽을 보니 왜적의 배들이 줄지어 선창으로 돌아오고 있었다. 아마도 천손의 동선을 포착한 왜군들이 급히 뒤를 쫓는 모양새로 보였다. 대장선 뒤에 있던 작은 배가 빠르게 달려와 순식간에 선창에 다다랐다. 칠팔 명의 왜군이 앞다투어 내리는가 싶더니 천손이 은신하고 있는 해변 쪽으로 달려오기 시작했다. 천손은 또다시 산으로 도주할 수밖에 없었다. 왜군들은 예상보다 동작이 날랜 자들이었다. 산 중턱에 이를 무렵 두 명의 왜군이 천손의 등 뒤 일백 여보 거리까지 추격해 왔다. 천손은 어린 소나무 가지를 흔들어 적의 시선을 교란한 뒤, 잡나무가 무성한 숲으로 숨어들어 갯가를 향해 은밀히 방향을 틀었다. 왜적들이 숲을 뒤지는 동안 다시 바닷가로 기어들어 갯바위 뒤에 은신할 작정이었다.

그러나 천손의 그 생각은 한치, 앞도 내다보지 못하는 인간의 한계에 따른 위험천만한 오판에 불과했다. 천손이 바닷가에 이르러 갯바위 쪽으로 접근하려는 찰나, 바로 그 바위 뒤쪽에서 칼을 든 왜군들이 우르르 튀어나왔다. 헤엄에 능숙한 천손이 이번에도 결국, 바다 쪽으로 숨어들 거라는 걸 예측하고 갯바위 뒤에 숨어서 기다리고 있었던 듯했다. 깜짝 놀란 천손은 즉각 돌아서서 도망하기 시작했다.

왜군은 천손이 다시 산으로 숨어드는 것을 막으려는 듯 두 명은 곧장 뒤쫓아오고 세 명은 산기슭 쪽을 포위하며 비스듬히 따라왔다. 천손은 해변의 자갈길을 달리다가 갑자기 시야를 가로막는 커다란 장애물에 부딪혔다. 바다 쪽으로 길게 돌출된 높다란 암벽(岬의 일종)에 길이 막혀버린 것이었다.

진퇴양난이었다. 산 쪽으로 달아나자니 세 명의 왜군이 길을 막고 있고 물로 뛰어들자니 선창에서 기다리고 있을 왜적의 배가 문제였다. 헤엄을 아무리 잘 친다 한들 조총으로 무장한 13척의 적 함대를 따돌릴 순 없었다. 천손은 별수 없이 막다른 골목길에 직면해 가듯 점점 절벽 쪽으로 밀릴 수밖에 없었다. 왜군들은 다섯 명이 합쳐져서 일 열 횡대를 이루고 토끼몰이를 하듯 요란하게 휘파람을 불며 천천히 사위를 좁혀 왔다.

벼랑 끝에 이르러, 바다를 등지고 배수진을 친 천손은 빠른 눈길로 발밑에 흩어져 있는 돌멩이들을 살펴보았다. 쓸만한 돌멩이 몇 개가 눈에 들었다. 그는 우선, 두 개의 돌멩이를 손에 쥐고 마지막이 될지 모를 싸움을 위한 결의를 다졌다.

'내 지금 죽더라도 한 놈의 숨통이라도 더 끊어 놓고 죽으리라.'

천손이 투석 자세를 취하자 왜군들이 일제히 칼을 들고 달려오기 시작했다. 천손의 손에서 두 개의 돌이 연속으로 날아갔다. 맨 앞서 달려오던 왜군이 주춤하며 얼굴을 감싸 쥐었다. 세 번째 네 번째 돌이 날아가 또 한 놈의 왜군을 주저앉혔다. 그러나 다섯 번째 돌이 채 천손의 손을 떠나기 전에 두 명의 왜군이 동시에 달려들어 잽싸게 칼을 휘둘렀다. 천손은 뒷걸음치며, 왜군의 칼끝을 요리조리 피하다 가 발을 헛디뎠다. 한 발이 허공을 딛고 휘청거리며 굴러떨어지는 순간, 그는 엉겁결에 바다를 향해 날아갈 듯 홀로 선, 해송 가지를 붙들었다.

왜군들이 벼랑 끝으로 몰려와 차갑고 음험한 웃음을 흘리며 내려 다보았다. 천손은 두 손으로 소나무 가지를 잡고 왜군의 다음 동작 을 주목했다. 발밑은 온통 검은 바위투성이였고 바닷물이 허옇게 거 품을 물고 연방 갯바위를 때리고 있었다.

삿갓 모자를 쓴 왜군 하나가 소나무 가지 사이로 칼을 휘둘렀다. 푸른 잎을 단 소나무 가지들이 여기저기 추풍낙엽처럼 우수수 떨어 져 내렸다. 곁에 있던 다른 왜군이 이 가지, 저 가지로 피해 다니는 천손의 손을 베거나 찌르려고 안간힘을 썼다. 천손은 점점 소나무

가지 끝 쪽으로 내몰릴 수밖에 없었다. 가지가 휘청대며 금방이라도 부러질 듯하고, 팔에 힘이 빠져 잡고 버티기도 힘들었다. 천손의 손목을 베거나 찌르려는 왜군의 칼끝은 집요한 데 더 이상 물러날 곳이 없었다. 이미 가지가 뚜두둑 소리를 내며 반쯤 부러져 허연 속살을 드러내기 시작했다. 천손은 내심, 마지막 순간이 다가오고 있음을 절감했다. 그 순간, 분이의 얼굴이 떠올랐다.

"분이야, 이제 더 이상 어쩔 수가 없구나. 도저히 살아남을 수 없다면 우리 죽어서라도 어디든 함께 가자."

천손은 눈을 감고 입 속 말로 기도하듯 중얼댔다.

그때였다. 천손의 손을 찌르려고 길게 칼끝을 뻗어오는 왜군의 등 뒤에서 다른 왜군 하나가 갑자기 바다를 바라보며 무어라 크게 소리쳤다. 그는 눈을 홉뜨고 바다를 향해 손가락질하며 날카로운 금속성으로 계속 무어라 부르짖고 있었다. 곁에 있던 다른 왜군들의 시선이 일제히 그쪽으로 쏠렸다. 천손도 고개를 약간 틀어 힘겹게 바다 쪽으로 시선을 보냈다. 그때, 곁눈에 걸려든 어떤 특별한 광경이 천손의 시선을 대번에 사로잡았다.

수수한 깃발과 조용하고 엄숙한 분위기로 무장한 30여 척의 눈에 익은 배들, 그것은 놀랍게도 쨍한 햇살을 등지고 해안을 향해 서서히 다가오는 조선 수군의 판옥선이었다. 천손은 환희에 벅차오르는 가슴을 진정하지 못하고 하마터면 크게 환호성을 지를 뻔했다. 좀 더 자세히 보기 위해 고개를 더 트는 순간, 가까스로 붙잡고 매달

린 소나무 가지가 뚝 부러지며 천손의 몸은 속수무책 낭떠러지 아래
로 떨어져 내렸다.

18. 작별의 노래

　왜장이 상갑판 쪽으로 뛰쳐나간 후, 분이는 정신을 가다듬고 몸을 움직여 보려고 애를 썼다. 온몸의 마디 마디가 끊어질 듯 아프고 혀의 통증은 아직도 턱이 덜덜 떨릴 정도로 극심했다. 죽고자 작정하고 혀를 깨물었지만 이빨이 부드러운 살을 파고드는 순간, 날카로운 통증에 자신도 모르게 중도 포기하고 말았다. 혀는 깊은 상처를 입고 퉁퉁 부어올라 언어 구사가 불가능한 상태였다.

　'어떻게 갑자기 이런 일이 일어날 수 있었을까. 이런 생지옥을 연출하는 왜군은 사람인가, 짐승인가. 왜 그들은 아무런 죄 없는 조선 백성들에게 이런 처참하기 짝이 없는 살육을 감행하는가. 이게 정녕 악몽이 아닌 현실이란 말인가.'

　천손이 그녀의 이름을 불렀을 때는 정말 꿈인가 했다. 정신이 몽롱한 상태였으므로 그녀는 잠시 자신이 처한 상황조차 제대로 인지하지 못했다. 천손이 여기까지 와서 배에 구멍을 내고 안을 들여다 본다는 것은 상상조차 할 수 없는 일이었기에 더더욱 얼떨떨할 수밖에 없었다.

정신이 들었을 때는 이미 사태가 급박하게 돌아가고 있었다. 어서 도망가라고 외쳤지만 천손은 그녀의 이름을 부르며 계속 버티고 있었고, 때마침 욕심을 채우러 온 왜장에게 발각되고 말았다. 왜장의 칼이 구멍에 눈을 들이댄 천손을 향해 뻗어나갔을 때 그녀는 제 얼굴에 칼끝이 파고들기라도 한 듯 두 손으로 얼굴을 감싸며 비명을 질렀다. 그녀는 천손이 영락없이 즉사하거나 크게 치명상을 입었을 거라, 생각했다. 그러나 다시 눈을 떴을 때, 천손은 무사했고 엉뚱하게도 왜장이 칼을 버리고 불같이 화를 내며 상갑판으로 뛰어 올라간 것이었다.

분이가 겨우 몸을 추스르고 천손을 향해 다가가려 할 때, 머리 위에서 벼락 치는 소리가 연속으로 들려왔다. 분이는 상갑판의 성가퀴에 붙어선 왜군들이 천손을 향해 조총을 쏘고 있는 것으로 짐작했다. 무거운 몸을 이끌고 힘겹게 구멍 난 곳으로 다가가 보니 천손은 이미 자취를 감추고 없었다. 아마도 물속으로 잠수해서 달아난 것으로 보였다. 천만다행이다 싶으면서도 가슴에 커다란 바람구멍 하나가 뻥 뚫린 듯했다. 이제 정말, 다시는 천손의 모습을 눈에 담기는 어려울 것이었다. 그래도 용케 왜군의 불막대기를 피해 살아남아 주기만 한다면 더 이상 바랄 것이 없겠다, 싶었다.

자신을 구출하기 위해 죽음을 무릅쓰고 찾아온 천손을 생각하니 눈물겨웠다. 밤새도록 나무를 찍어 배에 구멍을 낸 그 마음을 생각하니 목이 메었다. 그렇게 둘이 함께 이 생지옥에서 탈출할 수 있었다면 얼마나 좋을까.

문득 한동안 잊고 있던 옛 기억 하나가 불쑥 떠올랐다.

재작년 한가위 무렵이었다. 산에서 나무를 하다가 독사에게 물린 적이 있었다. 때마침 그때 천손은 이모 댁에 왔다가 분이를 돕겠다고 산에까지 따라와 나뭇짐을 함께 꾸리고 있을 때였다. 발목 윗부분에 바늘로 찌르는 듯한 따끔한 통증을 느끼고 직감적으로 뱀에 물렸다는 것을 알아차렸다. 비명 소리를 듣고 천손이 달려와 고쟁이 가랑이를 걷어 올렸을 때, 큰 가시에 찔린 듯한 상처에 핏방울이 맺혀 있었다.

천손도 뱀에 물렸다는 것을 확신한 듯 자신의 윗저고리를 찢어 두 가닥의 띠를 만들었다. 그 띠로 그녀의 종아리 위와 아래, 두 군데를 동여맸다. 다음으로 그는 잠시도 주저하지 않고 핏방울이 맺힌 상처에 입을 갖다 대고 피를 빨아냈다. 빨고 뱉고, 또 빨고 뱉기를 십여 차례 이상 반복하다가 천손은 갑자기 뒤로 나자빠지듯 물러나며 그 자리에 털썩, 주저앉았다. 입이 얼얼하여 말이 안 나온다는 표정이었는데 자세히 보니 그의 입이 부어오르고 있었다. 아마도 입 안에 상처가 있어 구강에 독이 퍼진 듯했다.

둘은 나뭇짐을 버리고 급히 서로를 의지하며 산에서 내려왔다.

다행히 이웃에 뱀독을 잘 다스리는 의원이 있어 둘 다 큰 고비 없이 치료는 잘되었으나 천손은 닷새 동안 앓으며 죽을 고생을 해야 했다. 그런데 세월이 지나고 보니, 그 닷새 동안의 시간이 분이에겐 가장 소중하고 행복한 시간이었던 것이다.

천손을 바로 옆집에 두고 수시로 드나들면서 곁에 꼭 붙어 있을 수 있었고, 그녀가 할 수 있는 최선의 노력과 정성을 다할 수 있었던 참으로 소중한 시간이었다고 그녀는 종종 추억하곤 했다.

천손은 그녀에게 슬픔이요, 기쁨이요, 마지막 남은 한 가닥 희망이었다. 이제 그 마지막 희망의 빛마저 죽음의 그림자 속에 침잠되어 사라지려 하고 있었다.

천손이 점점 멀어져가고 있을 즈음, 그가 사라진 바다를 하염없이 바라보던 분이는 바로 턱 밑에 동그마니 놓여 있는 자귀 하나를 발견했다. 천손이 선복에 구멍을 내기 위해 밤새 사용하던 연장인 듯했다. 분이는 천손의 손때가 묻었을 그 자귀를 힘겹게 몸을 움직여 손에 넣었다. 아직 천손의 따뜻한 체온이 자루에 고스란히 남아 있는 듯했다. 그녀는 자귀를 무슨 소중한 보물이라도 되는 양, 양손에 받쳐 들고 손때 묻은 자루를 코에 갖다 댔다. 천손의 체취가 그대로 코를 통하여 가슴으로 전해오는 듯했다.

"죽을 때는 이 자귀라도 품에 안고 죽으리라. 하지만 오라버니는 꼭 살아남아야 해요. 살아남아서 부디 우리 식구들이 살아 있다면 나를 보듯 돌봐주세요."

분이는 그 자리에 주저앉아 기도하듯 중얼댔다. 천손이 파 놓은 공동 너머로 붉은 햇살이 출렁대고 시시각각으로 다가드는 죽음의 그림자도 거기 함께 얼싸안고 일렁이는 듯했다.

'지금쯤 그 사람은 무사히 왜군의 추격을 피해 안전한 곳으로 피신했을까.'

잠시 천손의 모습을 눈앞에 그려보다가 그녀는 문득 한동안 잊고 있던 시(詩) 구절을 떠올렸다. 천손이 종마장을 출입하는 군관으로부터 빌려 본 언문 서책 속에 있더라며 가끔 들려주던 시(詩) 구절이었다.

꽃이 진다고 서러워 마라.
달도 이울면 다시 차는 법
봄이 꽃에 물들고 꽃이 봄에 물드는
그날이 다시 오면
나 한 마리 나비 되어 너를 찾으리.

그 시에 빗대어 그녀는 자신의 마음을 이렇게 위무해 보았다.

나 오늘 이 세상을 떠난다고 서러워 말자.
우리 집 담장가에 백일홍 다시 피는 그날,
내 넋이라도 돌아가 꽃그늘에 앉노라면

그 사람 꽃잎에 물들 듯 내게로 오리니.

"이제 홀로 감당할 수밖에 없는 최후의 순간을 기꺼이 맞으리
라."

그녀는 자귀를 가슴에 안고 힘주어 자신을 다독이듯 말했다.

그때, 누군가 급히 계단을 뛰어 내려오는 발소리가 들렸다. 쓰러
져 누운 채로 고개를 조금 쳐들고 바라보니 아까 천손을 공격하려다
가 칼을 빼앗긴 그 적장이었다. 그는 또 다른 긴 칼을 한 손에 들고
있었다. 혼자가 아니었다. 그의 뒤에는 대여섯 명의 군사들이 줄지
어 따라오고 있었다. 분이는 얼른 자귀를 저고리 안쪽에 숨겼다.

'고통은 순간이다. 어쩌면 더욱, 거세게 적의 칼에 다가가는 것이
조금이라도 더 고통을 잊는 방편일 수도 있다.'

그녀는 자칫 공포에 무너지려는 자신을 혀를 깨무는 심정으로 다
잡았다.

잠시 후, 왜장이 곧장 분이에게로 다가와 다짜고짜 치마 속으로
칼끝을 쑤-욱 집어넣었다. 분이가 몸을 옹송그리자 그는 순식간에
치맛자락을 홱 걷어 올렸다. 분이의 시야가 반쯤 가려지고, 지난밤
에 이미 칼날에 찢겨 속옷이 탈의 된 그녀의 하반신이 적나라하게
드러났다. 왜군들이 휘장 안에서 반라의 분이를 앞에 두고 빙 둘러
섰다. 아직 술이 덜 깬 듯 충혈된 눈들이 호기심과 들큼한 욕망으로
번들거리고 있었다. 왜장은 소리 없이 웃는 듯 마는 듯 입매를 조금

비틀며 칼끝으로 분이의 국부를 희롱했다. 왜군들이 휘파람을 불고 손바닥을 마주쳐 박수 소리를 내며 법석을 떨기 시작했다.

'윤간이구나!'

그들의 의도를 눈치챈 분이는 다시 한번 머리끝이 쭈뼛 서는 기분이었다. 동시에 뜨겁고도 날카로운 분노가 턱 밑까지 차고 올라왔다.

'저들은 어떻게 먹이에 굶주린 늑대들처럼 한결같이 성욕에 미친 듯 혈안이 되어 있는가. 내 이번에는 그냥 당하고 있지만은 않으리라. 죽을 때 죽더라도 한 놈이라도 더 거꾸러뜨리고 죽으리라.'

분이는 수치심을 참으려 어금니를 굳게 깨물고 치맛자락 속에서 천천히 품속에 숨겨둔 자귀를 꺼내어 한 손에 쥐었다. 어차피 죽음은 목전에 와 있었고, 요행히 살아진다 할지라도, 이같이 더럽혀진 몸으로 더 이상 구차하게 살고 싶지 않았다. 그녀는 치맛자락을 조금 내리고 부릅뜬 눈으로 왜군들이 하는 짓을 지켜보았다.

왜장이 분이를 희롱하던 칼을 거두고 뒤를 돌아보며 부하들에게 무어라 눈짓을 보냈다. 그러자 바로 뒤에 있던 왜군이 곧장 앞으로 튀어나와 분이에게로 살금살금 접근했다. 분이는 저도 모르게 자귀를 쥔 손에 힘을 주었다. 왜군은 분이의 발밑에 내려앉아 무릎걸음으로 몇 발짝 더 다가들었다. 이어 고개를 약간 쳐들고 그녀의 몸 위로 겹쳐오는 순간, 술 냄새가 확 끼쳐왔다. 뱀 한 마리가 몸 위로 기어오르는 듯 진저리가 났다.

'이놈들은 인간이 아니다. 성에 굶주린 악귀들이다. 이놈들에게

더 이상 내 몸을 더럽힐 수는 없다. 나 이제, 조선 여인들이 그리 호락호락하지 않다는 것을 보여주마.'

분이는 자귀 자루를 힘껏 움켜쥐고 다른 한 손으로 치맛자락을 홱 걷어냈다. 다음 순간 분이의 손끝에서 자귀 날이 번쩍 빛났다. 퍽, 하는 소리와 함께 분이를 덮치려던 왜군의 벗어진 이마에 자귀 날이 박히는가 싶더니, 된바람에 꽃잎이 흩어지듯 피가 튀었다.

사태를 짐작한 왜장이 칼을 치켜들고 뛰어들었다. 동시에 움츠렸다가 튀어 오르는 개구리처럼 분이는 급히 상체를 일으켜 세우고 달려드는 왜장을 향해 힘껏 자귀를 던졌다. 자귀가 날아가 왜장의 얼굴을 스쳤다. 뺨을 감싸 쥔 왜장의 손등 위로 피가 번졌다. 잠시 주춤하던 왜장의 두 눈이 무섭게 일그러지는가 싶더니, 곧 미친 듯이 달려들어 칼을 휘두르기 시작했다.

19. 비극의 현장

옥포에서 승첩한 전라좌수영 함대는 영등포 앞바다에서 왜 대선 다섯 척을 추격하여 웅천 땅 합포에서 모두 분멸했다. 다음 날 아침 탐망선으로부터 진해 땅 고리량에 왜선 십여 척이 정박하고 있다는 첩보를 받았다. 즉시 출항하여 해안을 샅샅이 수색해나가던 중 고성 땅 적포(적진포)에 이르러 대선과 중선을 합하여 모두 13척의 적선이 선창에 정박해 있는 것을 발견했다.

이미 옥포의 승첩을 경험한 전라좌수영의 군사들은 이제 왜적이 조금도 두렵지 않았다. 합포에서 왜선을 분멸한 방답첨사 이순신과 녹도만호 정운, 낙안군수 신호, 송희립 등이 앞다투어 달려가 총통과 화살을 빗발치듯 퍼부었다. 육지에 올라가 있던 적들이 배로 귀환하여 잠시 치열한 교전이 있었다. 기가 충만한 조선 수군은 적의 배가 빠져나가지 못하도록 좌우 날개를 벌려 포위해가며 화살과 천자 · 지자총통으로 적의 배를 무참히 두들겼다.

수많은 왜군들이 화살과 철환에 맞아 죽고 배는 불타서 가라앉기 시작했다. 도저히 감당할 수 없다고 판단한 왜적들이 물로 뛰어들거나 배에서 내려 산으로 도망치기 시작했다. 녹도만호 정운이 황급히 달아나는 검붉은 갑옷의 짐승 대가리를 향해 활을 쏘았으나 명중시키지 못했다.

화가 난 정운이 적장을 추격하겠다며 배를 몰고 선창으로 달려가려 했으나 좌수사 이순신이 진정시켰다. 칼을 귀신같이 잘 쓰는 데다 조총으로 무장한 왜적이 숲에 은신했다가 공격해오면 아군의 피해가 매우 클 것이라며, 극구 만류했다. 대신 선창에 남은 배들은 적들이 다시 귀환하여 전선으로 사용하지 못하도록 협공하여 총통으로 두들겨 부수었다. 13척의 배들 중 서너 척의 배에서 불길이 치솟기 시작했다. 적장의 배로 보이는 가장 크고 화려한 배의 갑판에서도 불길이 번지고 있었다.

적의 배에서 더 이상 응전을 해오지 않았으므로 좌수사 이순신은 적들이 모두 죽거나 피신한 것으로 판단했다. 나머지 배들을 불태우기 전에 수색부터 해 볼 필요가 있었다. 옥포의 경험에 비추어 볼 때, 적의 배에는 민가에서 탈취한 곡물과 서적, 도자기 등 귀중품들이 실려 있을 가능성이 컸다. 특히 적의 대장선에는 적국의 생활상과 군수 물자 정보를 알 수 있는 희귀한 물품들이 많았다.

전라 좌수사 이순신이 발포 중지를 명하려는 찰나였다. 조선 옷을 입은 한 사내가 득달처럼 선창으로 달려들었다. 남루한 의복에 물에 빠진 생쥐 꼴을 한 그는 휘장과 깃발마다 불길이 번지고 있는 적의 대장선을 가리키며 무어라 절박하게 소리치고 있었다. 얼마 전, 버들치 벼랑 끝에서 낙하했으나 다행히 갯바위들 사이의 깊은 물웅덩이에 떨어져 구사일생으로 목숨을 건진 김천손이었다.

바닷물에 떨어지기 직전에 우듬지가 무성한 해송 가지 끝에 한 번 더 부딪힘으로써 절체절명의 위기를 모면한 셈이었다. 놀랍게도 그는 등허리와 엉덩이에 약간의 타박상을 입은 것 말고는 크게 다친 곳도 없었다.

먼발치에서 그 모습을 본 좌수사 이순신이 즉각 사격 중지를 명했다. 선두에 있던 방답첨사 이순신은 배를 선창으로 이동시키고 군사들 수십 명을 데리고 하선했다. 그는 선창에 내리자마자 불타는 적의 대장선을 향해 마치 불나방처럼 뛰어들려는 천손의 앞을 가로막았다.

"대체 너는 누구냐?"

"예, 저는 불을도에 사는 김천손이라 하온데 지금 저기 불타는 왜적의 배에는 조선 사람들이 붙잡혀 있사옵니다. 대장선에도 한 여자가 붙들려 있는데 어서 빨리 불을 끄고 그 여인을 구해야 합니다!"

"그 여자가 누구냐?"

"저와 혼인할 여인이온데 송구하오나 목숨이 경각에 달렸기에…"

그는 채 말을 끝내기도 전에 적의 대장선을 향해 뛰어들었다. 사태를 짐작한 방답첨사가 더는 말리지 않고 군사들에게 즉시 명했다.

"우선 적의 대장선부터 불을 끄고 나머지 배들도 어서 불길을 잡아라."

군사들이 대장선으로 달려가 불을 끄기 시작했다. 좌수사의 명으로 뒤에 있던 판옥선에서도 군사들이 잇달아 달려와 여러 배로 나뉘어 진화를 도왔다.

천손은 왜장의 배에 오르자마자 불길을 헤집고 곧장 하갑판 쪽으로 향했다. 대장선은 망루로 불이 옮겨붙고 있었고 하갑판으로 향하는 계단에도 연기가 치솟고 있었다. 뒤따라온 수군 병사들이 정신없이 불을 끄는 동안 천손은 허겁지겁 계단을 뛰어 내려갔다. 발이 어떻게 땅에 닿는지도 모를 지경이었다.

실내는 어둑했고 격군들은 이미 개미 새끼 한 마리 보이지 않았다. 양쪽 가장자리 쪽에 일정한 간격으로 늘어선 노대들의 희미한 자태만 눈에 들었다. 갯바위 뒤에 숨어서 지켜본 바와 같이 적의 군사들은 사상자를 부축하거나 떠메고 모두 허겁지겁 배에서 빠져나간 듯했다.

선실 뒤쪽, 금빛 휘장이 늘어진 곳으로 곧장 달려간 천손은 떨리는 손으로 활짝 열린 장막을 안을 들여다보았다. 안에서 피비린내가 진동했고 한 여자가 반듯한 자세로 누워 있었다. 여자는 화급을 다투는 이 급박한 사태를 아는지 모르는지 태연한 자태로 미동도 없었다.

'분이야! 분이야!'

다급한 마음에 절규하듯 외쳐 부르려했지만, 말소리가 튀어나오지 않았다. 주먹 덩이 같은 것이 목구멍을 꽉 틀어막은 듯했고, 말소리보다 울음이 먼저 터져 나오려 했다. 분이의 옷매무새는 난삽했다. 한쪽 팔이 저고리의 소매에서 벗겨진 상태였고 치마는 엉덩이에 반쯤 걸린 상태였다. 그런 가운데 가슴에서 허리까지 사선으로 칼에 베인 자국이 선명했다. 어찌 된 영문인지 입 언저리에도 핏물이 낭자했다. 천손은 터져 나오려는 울음을 가까스로 참으며 우선 분이의 매무새를 바로잡아 주었다. 축 늘어진 몸에 치마끈을 끌어 올려주면서 하복부에서도 칼에 베인 자상들을 발견했다.

천손은 터져 나오는 통곡을 참으려 이를 악물었다.

'쳐 죽일 놈! 내 기어이 네놈을 찾아가 요절내고 말리라.'

천손은 분이의 등과 하반신에 팔을 집어넣어 그녀의 몸을 가슴께까지 번쩍 들어 올려 안았다. 코끝에 다시 한번 피 냄새가 진동했다. 살해를 당한 지 그리 오래지 않은 듯했다.

분이의 시신을 안고 상갑판으로 나왔을 때, 대장선의 불길은 거의 다 잡힌 상태였다. 첨사의 군관이 수색을 위해 군사들 일부를 거느리고 갑판 아래로 내려가고 첨사를 비롯한 군사들 몇몇이 천손의 곁으로 몰려들었다. 천손은 분이를 갑판 바닥에 내려놓고 무릎을 꿇었다.

"이 여자를 누가 죽인 것이냐?"

첨사가 분이의 주검을 살펴보고는 이마에 굵은 주름을 지으며 물었다. 햇빛에 드러난 분이의 주검은 생각보다 훨씬 참혹했다. 아직 감지 못한 그녀의 눈은 허옇게 하늘을 응시하고 있었고 가슴과 복부에는 무차별 난자한 흔적들이 뚜렷했다.

천손이 눈물에 젖은 손으로 분이의 눈을 감겨주면서 답했다.

"짐승 대가리를 한 왜군 대장 놈이 이 여인을 베었습니다. 얼마 전까지만 해도 멀쩡히 살아 있었는데…"

천손은 벌거벗은 아수라처럼 분이를 향해 달려들던 왜장을 떠올리며 오열했다. 사실 천손이 본 왜장은 전날 밤, 대장의 겁탈에 이어 두 번째로 강간을 시도한 부장(副將)급 장수였다.

"어찌 너는 그런 걸 그리 잘 아느냐? 혹시 왜군에 잡혀갔다가 도망쳐 나온 것이냐?"

"아니옵니다. 그런 게 아니오라…"

천손은 그간 직접 보고 겪은 이야기를 첨사에게 소상히 고했다.

"그래, 그런 일이 있었구나. 그런데 넌 그렇게 건장한 몸으로 왜 군역에 나가지 않았느냐?"

"저는 삼대독자로 태어났고, 제 아비는 얼마 전까지 경상우수영의 격군으로 종사했습니다. 어미를 비롯하여 두 누이 등, 여자들뿐인 집안에서 생계를 책임져야 했고, 또한 군역 대신 불을도에서 종마장을 관리해왔습니다. 지금 저는 경상우수영 소속의 말 다섯 필을 키우고 있습니다. 지금이라도 절 수군으로 거두어 주십시오. 이 한 목숨 바쳐 싸우겠나이다. 이 여자의 원수를 갚도록 기회를 주시옵소서.”

“그럼 앞으로 너의 집안 사정과 네가 키우던 종마는 어찌할 생각이냐?”

“그건 제가 불을도로 돌아가서 다른 방편을 찾아보도록 하겠습니다.”

“그래. 그럼 우선 네 여자를 잘 묻어주고 집안 정리를 끝낸 다음 전라좌수영으로 날 찾아오너라.”

첨사는 그 말을 끝으로 먼저 간 수색조를 뒤쫓아 선실로 내려갔다.

20. 씻을 수 없는 회한

천손은 분이의 주검을 양손으로 떠받쳐 안고 마을 안쪽으로 수색을 나가는 수군을 뒤따라갔다. 수군은 불에 타서 초토화된 집들과 여기저기 널브러진 시신들을 보고 혀를 차며 분개했다. 소와 가금을 잡아 술판을 벌였던 키 큰 홰나무 밑 공터는 도살당한 가축들의 피로 벌겋게 물들었고, 풀 섶에 버려진 내장에서 파리가 들끓고 있었다. 천손은 고샅을 거쳐 곧장 분이의 집으로 갔다. 찌그러진 싸리 대문을 밀고 집 안으로 들어서니 타다 만 잿불 냄새가 코에 확 끼쳐왔다.

천손은 우선 분이의 시신을 내려놓을 곳이 마땅치 않아 두리번거리다가 담장가에 서 있는 배롱나무 쪽으로 다가갔다. 키가 훤칠한 배롱나무는 본채에서 다소 먼 거리라 불길에 그을리지 않고 멀쩡하게 살아 있었다. 여름철이면 분이가 멍석을 깔아놓고 부채를 부쳐가며 더위를 식히던 곳이었다.

천손은 배롱나무 그늘에 분이를 내려놓고 집 앞을 흐르는 도랑에서 물을 떠다 그녀의 얼굴을 정성스레 씻겼다. 핏물로 얼룩진 입언저리를 씻기고 턱과 목 주변도 말끔히 씻겼다. 마지막으로 더럽혀진 이마와 손을 씻기고 나서 가만히 그녀의 얼굴을 내려다보았다.

핏기 없는 얼굴이지만 아직도 분이의 얼굴은 너무 고왔다. 늘 과분한 색싯감이라고 마음 죄어가며 아끼던 사람이었다.

'분이야, 내가 널 이렇게 만들었구나. 널 구하지 못할 거라면 네 곁에 애써 다가가지나 말걸, 그 무지막지한 놈이 나 때문에 널 이렇게 더 처참하게 베었을지도 모르겠구나.'

천손은 생각하면 생각할수록 억장이 무너지는 듯했다. 진작에 무슨 수를 써서라도 불을도로 데려다 놓을걸, 하는 후회가 칼로 가슴을 저미는 듯했다.

땅바닥에 주저앉아 통곡하고 싶은 심정이었지만 이미 주검이 된 분이를 하염없이 붙들고 있을 수만은 없었다.

우선 분이를 나무 그늘에 눕혀두고 분이 아버지와 동생 분칠의 소재부터 알아봐야 했다. 그들의 생사를 확인하기 위해 지게 작대기 하나를 집어 들고 집터 주변을 한 바퀴 돌아보았다. 이어, 불타서 주저앉은 잿더미를 헤집어가며 집 주변을 샅샅이 뒤져보았다. 온몸이 땀에 흠뻑 젖은 채로 두어 시진의 수색이 이어졌지만 분이의 식솔들은 눈에 띄지 않았다.

불구의 몸으로 요행히 왜군의 눈에 띄지 않고 잘 피신했다면 얼마나 큰 다행인가, 하는 마음으로 그만 수색을 접으려는 순간, 검게 그을린 야윈 손 하나가 천손의 눈에 들었다. 주저앉은 본채의 지붕 끝자락이었다. 잔해를 파헤쳐보니 불타다 만 두 구의 시신이 한데 엉겨 있었다. 분칠이 힘겹게 아버지를 들쳐 업고 나가려다 왜군과 마주쳐 변을 당한 듯했다.

천손은 집 뒤꼍 텃밭의 감나무 밑에 세 구의 시신을 묻었다. 멍석과 거적을 구해다 흙이 들어가지 않도록 시신을 정성껏 싼 다음, 가운데 자리에 아버지를 묻고 그 양쪽에 딸과 아들을 묻었다. 분이의 시신을 묻으면서 그는 또다시 터져 나오는 통곡을 주체하지 못하고 한동안 땅바닥에 쓰러져 울었다. 이제는 잠을 자듯 평온해 보이는 분이의 얼굴에 눈물방울이 떨어져 또르르 굴러내렸다. 눈물에 젖어가는 분이의 모습을 마지막으로 가슴에 담은 천손은 떨리는 손으로 거적 자락을 끌어올렸다.

"이 세상에서 가장 행복한 여인으로 만들어 주고 싶었는데… 이런 모습으로 널 보내다니… 분이야, 내 집으로 갔다가 다시 오마. 왜놈들이 물러가고 화평한 날이 돌아오면 좋은 관을 마련해와서 경치 좋고 양지바른 곳에 새로 묻어주마."

산짐승들이 범접하지 못하도록 흙을 두텁게 쌓아 봉분을 만들면서 천손은 언젠가 둘이서 주고받은 말들을 떠올렸다.

"오라버니, 무언가 분명치는 않지만, 자꾸 그런 생각이 들어요.

우리가 감당할 수 없는 어떤 나쁜 기운이 우리 앞을 가로막으며 한 발 한 발 다가오고 있다는 느낌 같은 거. 그런데도 어떻게 해야 할지, 뚜렷한 대책은 없고, 오라버니를 향한 마음이 강하면 강할수록 나를 옭아매는 밧줄은 더욱 나를 세게 조여 매는 것 같아요."

"분이야, 넌 나를 위해 이 세상에 온 여인이다. 누가 뭐라 해도 넌 이 세상에 둘도 없고 언제 봐도 변함없는 내 사람이다. 이렇게 어여쁜 우리 분이를 두고 내가 과연 누구와 맺어질 수 있을 것이며, 누구와 알콩달콩 한 이불 덮고 잘 수 있겠나. 그건 나더러 평생 홀아비로 살다 죽으란 말이나 마찬가지다."

천손은 분이를 꼭 껴안아 주고 위로하며 등을 가만가만 토닥였다.

"분이야, 그냥 분칠이랑 아버지 모시고 다 함께 가자. 누렁이도 데리고…"

"그렇게 간단한 일이 아니잖아요? 어떻게 분칠이와 아버지를 데리고 시집을 가요? 더구나 분칠이는 다리가 불편하고 아버지는 거동도 못 하는 형편인데…"

"내가 알아서 할게. 넌 나만 믿고 따라만 와 주면 돼. 자꾸 안 되는 쪽으로만 생각하지 말고."

그러나 분이는 가슴속에 켜켜이 쌓인 수심 따라 오락가락할 뿐 흔쾌히 마음의 빗장을 풀지 못했다.

'그때, 분이의 마음을 좀 더 깊이 헤아려야 하지 않았을까. 분이는 그즈음 무언가 홀로 감당하기 힘든 심각한 불안감을 느끼고 있었던 것이다. 그때, 좀 더 진지하게 그녀의 말을 새겨듣고 어떤 특단의 조처를 취했더라면 오늘의 이런 엄청난 재앙은 겪지 않아도 되지 않았을까.'

불을도로 돌아온 천손은 일이 손에 잡히지 않았다. 가족의 생계를 위해 날마다 조업에 나서야 했으나 마음은 콩밭에 가 있었다. 선창에 배를 묶어 둔 채 뒷산 언덕으로 올라가 멍하니 생각에 잠기기 일쑤였고, 어쩌다 조업에 나가서도 물속을 물끄러미 내려다보거나 하늘을 우러러보며 한숨만 폭폭 내쉬었다. 병환 중의 아버지가 근심하고 어머니와 누이가 좋은 말로 달래도 보았지만, 소용이 없었다. 말을 먹이는 일도 두 누이가 거의 도맡다시피 거들어야 했다.

'분이를 어떻게든 구할 수 있는 방편은 없었던가. 그 애를 구하겠다고 바다로 나간 것이 오히려 화를 불렀을까? 그러지 않았다면 배에 억류되었던 진해 관기와 적진포의 다른 세 여인과 함께 목숨만은 건질 수 있었을까? 목숨을 구하지는 못해도 왜적의 배로 뛰어들어 함께 죽지는 못했을까…'

무엇보다 마을로 내려가려는 분이를 처음부터 꽉 붙들지 못한 것이 천추의 한으로 남을 듯했다. 아버지와 동생의 안위를 걱정하는 지극함에 잠시 어찌해야 좋을지 모르고 어정쩡하게 행동했던 그때 그 순간이 한스럽기 짝이 없었다.

너무나 그립고 원통한 마음에 당장 분이를 뒤따르고 싶었지만,

146

세상사가 그리 간단치만은 않았다. 생계도 생계지만 자식을 잃은 악상(惡喪)에다 사내대장부가 여자 하나 때문에 목숨을 끊었다는 비아냥까지 감당해야 할 양친의 슬픔과 고통은 또 어찌할 것인가.

이도 저도 온당치 않아 마냥 넋을 놓고 지내는 동안, 분이의 모습은 시도 때도 없이 찾아와 물 위에 어리거나 구름 위에 나타났다. 때로는 해사하게 웃는 모습으로, 때로는 원망을 가득 담은 눈초리로, 때로는 이슬을 머금은 섬초롱꽃 같은 모습으로 나타나서 더욱 그립고 애틋한 심경을 부추겼다.

'어떻게 벌건 대낮에 그런 악몽 같은 일이 벌어질 수 있었을까. 그놈들은 사람인가, 귀신인가. 대낮에 귀신이 나타날 리는 없고, 사람이라면 어찌 그리 잔악할 수 있을까. 그들이 왜국에서 건너온 군사라면 그들도 인두겁을 쓴 사람일진대 어찌 그리 잔혹할 수가 있었을까. 아버지의 말처럼 미개하고 미욱한 나라 사람들이라 그럴까. 섬나라 오랑캐라서 예의범절이나 인정사정도 없이 굶주린 짐승처럼 살육과 분탕질에만 몰두할 수 있었던 것인가.'

너무나 어이없고, 기가 막혀서 천손은 그물을 올리다가도 망부석처럼 멍하니 적진포 쪽을 바라보며 넋을 놓고 앉아 있기 일쑤였다. 그러다가 문득 번개처럼 한 가지 날카로운 생각이 정수리를 찔러왔다.

'왜적들이 불을도에 쳐들어올지도 모른다! 그렇다면 적진포의 그 끔찍한 사태를 또다시 겪어야 한다. 병환 중인 아버지, 어머니, 이웃에 사는 두 누이, 친지들, 동무들, 이웃들은 다 어떻게 되나?'

천손은 그제야 정신이 번쩍 났다.

'이대로 당하고 있을 수만은 없다. 그 잔악무도한 왜적들에게 버러지처럼 짓밟히기 전에 무언가 대책을 세워야 한다!'

그는 동네에서 가장 절친한 철곤, 병석, 두 동무를 정자나무 아래로 불러냈다. 소싯적부터 마을 뒷산 언덕이나 묏등에서 힘자랑을 하며, 잔뼈가 굵어 온 동무들이었다.

두 동무는 천손의 얘기를 듣고 깜짝 놀랐다. 부산 쪽에 왜구가 쳐들어와서 난리가 났다는 소문은 들은 바 있지만 이렇게 사세가 급박하고 위태로운 줄은 몰랐다. 이따금 해안가 마을을 급습하여 약탈하고 방화하는, 진짜 왜구 정도로 생각했다. 그런 경우 곧 나라에서 군사들을 풀어 도적들을 혼내어 쫓아버리기 마련이었다.

천손은 우선 두 사람을 데리고 적진포로 가서 비극의 현장을 직접 보도록 했다. 도륙과 분탕질로 폐허가 된 마을을 보고 얼마나 참담한 비극이 그곳에 있었던가를 직접 눈으로 보고 실감케 했다. 불길이 휩쓸고 간 마을은 그야말로 풀 하나 자라지 않는 검은 황무지 같았다. 살아남은 사람들이 마을로 돌아왔으나 등을 기대고 잘 집은 물론이요, 기르던 가축과 곡식, 세간살이 등 쓸만한 것은 하나도 남아 있지 않았다. 마을 사람들은 희생자들을 거두어 가매장하고 잿더미를 치우는 등 팔을 걷어붙였지만 당장 입에 풀칠조차 어려운 지경이었다. 졸지에 식솔을 잃은 집에서는 통곡이 끊이지 않았다. 맨땅에 퍼질러 앉아서 소리 없이 우는 사람, 땅을 두드리며 우는 사람,

개중에는 눈물도 다 말라버렸는지 넋을 놓고 한탄과 푸념만 쏟아내는 사람들도 있었다. 달이 뜨고 밤이 이슥해지자 곳곳에서 구슬픈 여인네의 울음소리가 새어 나와 듣는 이의 창자를 에는 듯했다.

철곤, 병석 두 동무는 그런 모습들을 보고 몹시 분개했다. 천손의 말이 허언이 아니며, 앞으로 불을도 역시 이렇게 당할 수도 있겠다는 위기감에 크게 공감했다. 천손은 며칠 전에 조선 수군으로부터 들은 말을 두 벗에게 전했다.

천손을 분이의 집까지 호위해 준 젊은 군관의 말에 따르면 나라에서는 방비가 많이 부족한 듯했다. 쳐들어온 왜적의 세력은 어마어마하고 조선의 군사들은 그에 비해 5분의 1에도 못 미친다 했다. 경상 수군은 괴멸되다시피 한 상태이고, 그날 왜적을 격퇴한 연합 수군 대다수가 전라좌수군이라 했다. 판옥전선 30여 척으로 부산포에서 여수에 이르는 남해안을 다 방비할 수도 없고, 왜적은 또 언제 어느 곳을 습격할지 모르는 엄중한 상황이니 지극히 조심하고 또 조심해야 한다고 타일렀다.

적진포와 불을도는 바닷길 직선거리로 불과 이십 리 안팎이었다. 스스로 살길을 찾지 않으면 언제 어떻게 적진포의 비극이 현실로 다가올지 몰랐다. 돌아오는 길에 세 동무는 어떤 방책을 써서라도 마을을 지키는 데 힘을 합쳐 최선을 다하자고 뜻을 모았다.

21. 다급한 피신 전략

다음 날 아침 일찍, 천손은 두 동무와 함께 진두바우산 꼭대기에 올랐다. 섬 주변의 지형지물을 살펴보고 왜적이 침공해 온다면 어디로 올 것이며 어디로 피신할 것인가를 예측하고 각각의 경로에 따라 탈출로를 미리 마련해 두기 위해서였다.

가장 유력한 길은 견내량을 거쳐 곧장 불을도 선창으로 상륙하는 것이었다. 이 경우 불을도 백성들은 미리 탐지하지 못하면 꼼짝없이 당할 수밖에 없었다. 배를 띄우기에도 이미 늦고 산으로 흩어져 도망을 가도 섬 밖으로 탈출할 수가 없었다. 두 번째 경로는 거제 남단을 거쳐 한산도와 거제현 술역리 사이로 들어와 불을도로 상륙하는 길이었다. 이때는 배를 띄워 춘원면 쪽으로 탈출할 수는 있지만, 마을 사람 모두를 실을 만큼 배가 충분치 않고 속도도 늦어서 해상에서 붙잡힐 가능성이 컸다.

한산도 남단을 거쳐 두억리 마을과 춘원면 수륙터 사이로 들어오는 경우에도 마찬가지였다. 세 벗은 머리를 맞대고 각각의 내습 경로에 대해서 가장 효과적인 대비책이 무엇일지 궁리해 보았다. 모든 경우에 있어 가장 우선적인 것은 눈 바른 곳에 망꾼을 배치하여 적의 내습을 미리 파악하는 것이었다.

모자라는 배를 대신해서 큼직하고 튼실한 뗏목을 만들어 섬 굽이 어디쯤에 감추어 둘 필요도 있었다. 뗏목에는 속도를 높일 수 있도록 충분히 노를 달고 안전을 위하여 테두리를 허리 높이로 둘러막을 필요도 있었다. 적이 추격해 오면 사생결단하고 싸우지 않으면 안 될 급박한 상황에 직면할 수도 있으므로 자체적으로 무기도 만들어야 했다. 죽창도 가능하면 많이 만들고 긴 장대 끝에 낫이나 식칼을 매달아 무기로 쓰는 방법도 있었다. 천손에겐 돌팔매에 적합한 돌을 최대한 많이 채집하는 것도 급선무였다.

세 동무는 대략적인 그림이 그려지자 가가호호를 돌아다니며 마을 사람들을 동네 앞 타작마당으로 불러 모았다. 남녀노소 할 것 없이 거동이 가능한 사람들은 다 불러 모아놓고 먼저 천손이 나서서 직접 겪은 체험담을 들려주었다. 이어 철곤, 병석, 두 청년이 번갈아 가며 현장을 직접 둘러본 목격담과 나름의 소회를 밝혔다. 마을 사람들의 반응은 가지각색이었다. 정말 그런 일이 있었냐며 두 눈을 홉뜨는 사람이 있는가 하면, 아닌 밤중에 무슨 홍두깨질이냐고 투덜대는 사람도 있었다.

'왜구가 쳐들어왔다면 지금쯤은 우리 군에 쫓겨 멀리 물러갔겠

지.'

'왜구가 쳐들어왔다면 나라에서 어련히 지켜줄까.'

'설마하니 우리 조선 관군이 섬나라 왜구 하나 못 당해낼까.'

사람들은 제각각 마음속에 일말의 두려움을 품고는 있으면서도 '눈 가리고 아웅' 하듯 목전의 현실을 심각하게 받아들이려 하지 않았다.

천손은 기가 막혔다. 실상을 본 사람과 보지 못한 사람의 인식 차이가 어찌 이렇게 다를 수 있는지. 적진포의 현장을 보기 전까지 철곤, 병석 두 동무도 그랬다. 무언가 뒤통수가 켕기면서도 믿지 못하고 실감하지 못하는 눈치였다. 다시 천손이 나서서 목소리를 높였다.

"적진포에서 나는 이 두 눈으로 똑똑히 보았습니다. 왜군들이 얼마나 잔혹하고 무서운가를! 물론 우리 뒤에 조선 수군이 있지만, 군이 항상 우리 곁에서 우리를 보호하고만 있을 수 없는 일입니다. 우리 동네, 우리의 목숨은 우리 스스로 지켜내야지요. 육지는 왜적의 발길이 닿는 데마다 큰 화마를 입은 듯 초토화되고 강산은 피로 물들고 있다고 합니다. 이 마당에 우리의 재산과 목숨을 우리가 지키지 않으면 누가 지켜주겠습니까. 우리 스스로 방비하지 않으면 누가 우리를 보호해 주겠습니까."

처음엔 위기를 실감하지 못하고 떨떠름하던 표정들이 조금씩 달라지기 시작했다. 고개를 갸웃하면서 옆 사람과 심각하게 얘기를 주고받는가 하면 천손의 목격담 중에서 미덥지 못한 부분을 재차 질문하는 등 차츰 진지한 얼굴로 변해갔다. 하지만 노년층의 일부는 아직도 옛이야기 속의 군담이라도 듣는 듯 태평스런 표정이었다.

마을 사람들이 제각각 흩어져 돌아간 후에, 천손은 두 동무와 함께 집집을 돌아다니면서 다시 한번 설득하기 시작했다. 자신이 목격한 참혹한 살육의 현장을 좀 더 구체적으로 전하고 자신이 생각하고 있는 대비책에 대해서 밝혔다.

"우리 스스로 위급할 때 사용할 무기도 만들어야 하고 배도 충분히 준비해두어야 합니다. 배가 충분치 못하면 뗏목이라도 만들어서 탈출할 수 있도록 미리 대비해야 합니다. 그나마 적진포에서 본 우리 수군의 모습은 믿음직했지만, 나라의 방비를 책임져야 할 군이 마냥 우리만 지켜보고 있을 수는 없는 일 아닙니까. 왜적이 언제 어디로 내습해 올지 알 수도 없습니다. 따라서 우리는 평시에 항상 우리 수군의 동선과 행적을 파악해 둘 필요가 있습니다. 여수에서부터 남해, 사천, 사량도, 춘원면에 이르기까지 장사꾼이나 평소 알고 지내는 어부들을 통하여 우리 수군의 소재와 동태를 항상 파악해 두어야 합니다."

어느 정도 설득의 성과가 있다는 믿음이 생기자 세 동무는 외부와 연통이 가능한 사람들을 일일이 수소문하여 명부를 갖추기로 했다. 산양, 남해, 사천 쪽으로 연줄이 닿는 이가 있으면 연통을 놓아 미리 수군의 동선을 파악하기 위해서였다. 연통이 어려우면 직접 배를 몰고 가서 수소문하거나 도움을 청하기로 했다.

이튿날부터 적극적인 동참 의지를 보인 사람들이 점점 늘어났다. 자진하여 순번을 정하여 망보기에 앞장서는가 하면 소나무를 베어 뗏목 만드는 작업에 적극적으로 뛰어들었다. 위기가 닥쳐오면 가족과 자신의 안전을 위하여 죽을힘을 다하여 싸우겠다는 청년들을 보면서 천손은 비로소 안도의 한숨을 내쉬었다.

그러나 아직은 준비가 너무 부족하고 어설퍼 보였다. 유사시에 목숨 걸고 싸워야 할 때를 대비하여 최소한의 무기라도 만들어야 했지만 쇠붙이가 귀했다. 죽창 또는 농기구를 개조하여 무기를 만든다 한들 살상 무기로써 어느 정도 유용할지, 의문이었다. 칼을 잘 쓴다는 왜군에게는 계란으로 바위 치는 격이 될 수도 있었다. 그래도 최선을 다해서 할 수 있는 데까지는 다 해 봐야 했다.

천손은 모든 활용 가능한 것은 다 장대 끝에 매달아 무기로 만들도록 했다. 쇠붙이가 부족한 부분은 죽창을 다수 만들어 보충하기로 했다. 다음으로 가장 시급하고 우선적인 일은 역시 왜군의 내습을 미리 탐지하는 문제였다.

천손은 왜군의 가장 유력한 내습 경로로 판단되는 견내량 물길을 감시하는 한편 조선 수군의 행방을 추적하는 책임자 역할을 맡았다. 다른 두 동무는 각각 춘원면 수륙터 쪽과 거제현 술역리 쪽의 감시를 맡았다. 밤에는 함께 집집을 돌며 할당된 무기 제조를 점검했다.

달포가 훌쩍 흘러갔다. 왜군의 기척은 아직 멀고 작은 섬 동네의 일상은 그런대로 평온했다. 마을 사람들은 태풍이 비켜 가버렸다고 생각하는지 서서히 긴장감과 위기감이 무뎌져 가는 듯했다. 뗏목을 만들고 할당된 무기를 만드는 일도 시들시들해져 가고 있었다. 천손과 두 동무가 나서서 계속 독려했지만 크게 진척은 없었다. 반면, 천손은 두 동무와 함께 자체적으로 만든 무기로 겨루기 훈련을 했다. 군용에 비해 형편없이 저급한 무기지만 어떻게 활용하느냐에 따라 그 실효성이 다를 수 있었다.

세 동무는 어릴 적부터 목검과 죽창으로 전쟁놀이를 하고 산에 오르면 산토끼나 꿩을 몰아 투석으로 사냥을 하던 동무들이었다. 바닷가에 숭어 떼가 몰려오면 투석으로 뛰어오르는 숭어를 맞추어 잡기도 했다. 그것은 수렵이면서 일종의 놀이였고, 유희였다. 활을 만들어 활쏘기 내기를 하기도 했으나 천손은 활보다 창술과 투석을 더 좋아했다.

성체가 된 말을 데려가기 위해 종마장을 출입하는 군관으로부터 창술의 기본 동작 몇 가지를 얻어 배운 뒤로 혼자서 실전 창술을 연마했다. 스승 없는 수련이라, 어설픈 구석이 없지는 않았으나 실전에서 쓰임새가 있는 몇 가지 동작은 나름으로 상당한 파괴력을 갖추고 있었다. 정면으로 반복 찌르기, 게걸음으로 측면 찌르기, 창대 끝으로 내려치거나 사선으로 후려치기, 방향 바꾸기와 손바꿈 동작 등은 웬만한 무관들 못지않게 날렵했다.

투석 또한 셋 중 발군이었다. 투석은 활보다 빨랐다. 철곤, 병석, 두 동무가 화살 하나를 꺼내어 장전해 쏘는 동안 천손은 3개의 돌을 연달아 던질 수 있었다. 팔을 뒤쪽으로 많이 꺾지 않고 귓등에서 순간적으로 벼락이 치듯 힘을 가하여 던졌다. 계란 크기의 돌멩이가 가장 유효했고, 돌의 무게나 거리에 맞춰 오랜 시간 체득한 동물적 감각으로 던졌다. 돌의 사정거리와 날아가는 속도는 화살에 못 미쳤으나 두 번의 기회를 더함으로써 명중률은 오히려 높았다. 특히 움직이는 목표물의 경우는 더욱 그랬다.

또한 천손은 군역을 대신해서 종마를 먹이고 관리하는 동안 말타기를 익혀 원숙하게 말을 다룰 줄도 알았다.

천손의 아비는 남달리 동작이 날쌔고 무술을 좋아하는 아들이 후일, 수군에 들어와서 무장의 호위병이라도 되었으면 했다. 호위병을 하다 보면 나중에 출사의 길이 열릴 수도 있었다. 반상의 차별이 엄격하여, 평민으로서 꿈도 못 꿀 일이지만 가능성이 아주, 없는 일은 아니었다. 매우 드물기는 하지만 무술깨나 하는 자가 나라에 크게 공을 세웠을 때 종9품 군관으로 발탁되는 경우도 가끔 있었다. 그는 천손이 종마장의 말 치다꺼리라도 하다 보면 권세 있는 무장의 눈에 띄어 말단 군관 자리라도 하나 차지할 수 있지 않을까, 막연히 기대하고 있었다.

이런 아비의 소망은 천손이 자력으로 체력을 기르고 활쏘기와 창술을 연마하는 데 주마가편의 역할을 했다.

22. 연합 수군의 3차 출정

7월 초순, 전라 좌수사 이순신은 손상된 노를 수리하고 전열을 재정비하면서 다음 출전을 준비하고 있었다. 6월에는 이억기의 전라우수군이 합류하여 사천, 당포, 당항포에서 연이어 전투를 치렀다. 적은 서해 보급선 확보를 위해 야금야금 서진을 획책했고, 연합 수군은 수적 열세를 극복하기 위해 남해의 각 포구를 수색해 가며 누진적 타파를 시도했다. 이순신은 사천 전투 중에 죽을 고비를 넘겼다.

적은 굴곡진 해안을 따라 길게 진을 치고 야유와 욕설을 퍼부어 가며 계속 항전했다. 아무리 화력을 쏟아부어도 예전처럼 쉽게 포기할 기미를 보이지 않았다. 거북선으로 먼저 당파를 시도하고 함포로 두들기던 중에 왜 전선 서너 척이 기스락을 따라 빠져나오며 거세게 저항했다.

이순신의 지휘선은 너무 깊숙이 들어가는 바람에 적의 조총 사정 거리 안에 들었다. 조선군의 대장선임을 눈치챈 왜 적선들이 대장선 주변으로 몰려들며 협공했다. 집중적으로 조총을 쏘면서 포위하듯 거리를 좁혀왔다. 다른 또 한 척의 배는 백병전을 노리는 듯 전속력 으로 달려들며 갈고리가 달린 줄을 연이어 던져왔다. 다가오는 적선 을 맞아 사부들의 움직임이 더욱 바빠졌다. 총통과 화살을 쏘는 한 편 성가퀴에 걸린 적의 갈고리도 걷어내야 했다.

이순신이 한창 치열하게 전개되는 전투를 지휘해가며 누각 위에 버티고 있는 적장의 얼굴을 향해 활시위를 당기려 할 때였다. 곁에 서 사부들을 지휘하던 나대용이 갑자기 바닥에 고꾸라졌다.

"나 군관! 나 군관 정신 차리게, 나 군관!"

달려가 몸을 흔들며 소리쳐 불러도 나대용은 극심한 고통으로 얼 굴만 더 일그러질 뿐, 쉽사리 눈을 뜨지 못했다. 이순신은 곁에 있던 군졸에게 나대용을 안전한 곳으로 옮기라 이르고 다시 지휘소로 가 기 위해 칼을 들고 일어섰다. 바로 그때, 쇠꼬챙이로 찌르는 듯한 뜨 거운 통증이 어깨를 파고들었다. 이순신은 지휘소의 기둥을 의지하 고 겨우 몸을 가누었다. 날카로운 맹수의 이빨이 끈덕지게 물고 늘 어지는 듯한 통증에 정신이 혼미했다.

어금니를 깨물고 두 눈을 부릅떴다. 송희립이 달려와서 부축하며 가슴으로 번지는 핏물을 보고 울음소리를 냈다. 군사들이 동요하여 사기가 꺾일까 염려스러웠다. 아직 갑판에는 적탄이 날아들고 있었고, 판자를 걸치고 월선을 시도하는 적을 병사들이 활과 창으로 가까스로 막아내고 있었다. 끌어안고 울부짖는 송희립을 꾸짖으며 이순신은 목소리를 높였다.

"웬 울음이냐. 난 괜찮으니 어서 사부들이나 독려하게."

이순신은 송희립을 밀어내고 활을 들었다. 적선은 이미 우현 쪽으로 심하게 기울고 있었다. 갑판이 훤히 드러나고 중심을 잡으려고 애를 쓰는 적들이 눈에 들어왔다. 난간에 걸렸던 판자가 기울어지면서 월선을 시도하던 왜적들이 추풍낙엽처럼 물 위로 우수수 떨어져 내렸다. 눈에 들어오는 대로 왜적들을 편전으로 거꾸러뜨렸다. 그때 쿵 쿵쿵! 하는 요란한 폭음이 들리고 왜선은 곧 불길에 휩싸이며 더욱 심하게 수면 위로 기울어졌다. 난간으로 다가가 내려다보니 몸에 불이 붙은 왜적들이 낙화처럼 송이송이 물 위로 떨어져 내리고 있었다.

그제야 이순신은 자리에 털썩 주저앉아 붉은 피로 끈적이는 신발을 벗었다. 피는 계속 흘러내려 발밑의 바닥을 흥건히 적시고 있었다.

당포와 당항포에서도 큰 희생 없이 대승을 거두었다. 사천 전투에서부터 처녀 출전한 거북선이 큰 역할을 했다. 이순신은 어깨의 상처를 제대로 치료하지 못한 상태로 또 다른 전투를 맞이해야 했다.

6월 2일, 우척후장 김완의 급보를 받고 당포로 달려갔다. 척후의 보고대로 당포 선창에는 판옥선 크기의 대선 9척에 중소선 12척이 정박하고 있었다. 그중, 붉은 비단 휘장을 두르고 그 사면에 크게 황

(黃) 자를 새긴 대선 한 척이 제일 먼저 눈에 들었다. 휘장 안에 붉은 일산을 세우고 그 속에 왜장이 떡하니 버티고 앉아서 거만한 자세로 이쪽을 바라보고 있었다.

조선 수군은 먼저 귀선을 들여보내 적의 대장선 밑을 당파하면서 총통을 쏘아 적을 교란시켰다. 이어 판옥선이 드나들며 철환과 화살을 수없이 퍼부었다. 선사로 알려진 권준은 발군의 솜씨로 적장을 쏘아 가슴을 꿰뚫었다. 적장이 화살을 맞고 쿵 하는 소리를 내며 층루에서 떨어지자 사도첨사 김완과 군관 진무성이 동시에 적의 배로 달려들어 목을 베었다.

왜적들은 대장이 죽자 더 이상 저항할 의지를 상실한 듯 도망가기에 바빴다. 도망가다가 철환과 화살에 맞아 거꾸러지는 왜병들이 부지기수였다.

당항포에서는 소소강 깊숙이 들어가 분탕질을 하던 적을 덮쳤다. 판옥선 크기의 대선이 9척, 중선 4척, 소선이 13척이었다. 그중 가장 큰 배는 3층 누각을 세우고 벽에는 알록달록 단청을 입혀 마치 불전을 방불케 했다.

이순신은 판옥선을 뒤로 물리고 이언량과 이기남을 먼저 들여보냈다. 두 귀선이 대장선으로 접근하자 왜선들이 조총을 쏘아대며 앞을 막아섰다. 배마다 나무묘법연화경이란 일곱 글자가 새겨진 크고 검은 깃발이 휘날리고 있었다. 두 귀선은 곧장 쳐들어가면서 장군전과 철환을 퍼부었다. 판옥전선들도 차례로 드나들며 포탄과 화살을 마구 쏘았다. 왜선들은 감히 나서지 못하고 멀리서 일제히 조총만 계속 쏘아댔다.

한동안 교전하다가 적들이 위기를 느끼면 또 산으로 도망하지 않을까, 염려되었다. 연합함대는 짐짓 배를 돌려 달아나는 척하여 적을 외해로 유인하기로 의견을 모았다. 거북선과 조선 판옥선들은 차례로 소소강을 빠져나와 넓은 바다에 이르렀다.

'이쯤 되면 적은 안심하고 퇴로를 확보했다고 생각하겠지.'

연합함대가 속도를 줄이고 뒤를 돌아보니, 예상했던 대로 왜적의 검은 선단이 날렵하게 이동대열을 이루며 소소강 어귀를 빠져나오고 있었다. 선두의 충각선은 돛을 두 개나 달았고 나머지 전선들은 양쪽으로 날개를 쫙 벌려 선두의 대장선을 옹위하고 있었다. 그를 본 연합함대는 즉시 뱃머리를 돌리고 그물로 물고기를 가두듯 적의 진로를 차단하며 좌우로 포위해 들어갔다. 선두의 왜선이 해안 쪽으로 비스듬히 뱃머리를 돌리며 게걸음 쳐 도망하려 했다.

이순신은 손에 든 장검을 쳐들어 보이며 소리높여 돌격을 명했다. 기라졸이 붉은 기를 흔들고 송희립이 힘차고 가파르게 북을 치기 시작했다. 이번에도 이언량과 이기남의 두 귀선이 먼저 돌격을 감행했다. 용두로 현자포를 치쏘면서 달려들어 충각선 아래를 들이받았다. 판옥선들도 포위망을 좁혀가며 철환과 화전을 수없이 날렸다. 불화살이 비단 장막과 돛폭을 꿰뚫더니 불길은 순식간에 배 전체로 번졌다.

어찌할 바를 모르고 허둥대던 왜장이 화살을 맞고 누각 아래로 굴러떨어졌다. 왜 선단 중에 화약을 실은 배들이 다수 있었던지 꽝 음과 함께 폭발하고 수많은 적들이 파편에 섞여 바다로 튕겨 나갔 다. 적들은 다급하여 물에 뛰어들기도 하고 뭍으로 기어올라 산기슭 을 타고 도망치기도 했다. 활이나 창칼을 든 날렵한 군사들이 뭍으 로 쫓아가서 머리 마흔세 급을 베었다. 그러나 육지로 도망간 상당 수의 왜적을 생각하니 마음이 편치 않았다.

날이 저물어 본대는 동해면 뒤쪽으로 물러나 머물고 방답첨사 이 순신이 당항포 어귀에 숨어서 밤을 지새우다가 새벽에 바다로 나오 는 적을 급습했다. 왜적들은 배 한 척에 거의 백여 명이나 타고 있었 다. 이쪽에서 먼저 철환과 편전, 장군전을 쏘며 달려들자 적들은 어 찌할 바를 몰랐다. 도망가려는 배를 요구금에 걸어 바다 한가운데로 끌어냈다. 겁에 질린 적들이 공중제비를 하며 수없이 물속으로 뛰어 들었다. 그 와중에도 스물대여섯 살 정도로 보이는 왜장은 용모가 훤칠하고 당당했다. 그는 양날 칼을 휘두르며 예닐곱 명의 병졸들과 함께 끝까지 항전하다가 화살을 수없이 맞고 바다로 떨어졌다.

방답첨사 이순신은 군사들을 시켜 목을 베어오게 하고 자신은 직 접 배를 수색했다. 배의 누각 밑에는 차광막을 친 화려한 방이 있었 다. 사방 벽을 따라 황금색 비단 휘장을 두르고 금침도 왕의 침실처 럼 호사스러웠다. 이순신은 그 방 안에서 검은 나무 궤짝 속에 든 서

류 뭉치를 찾아냈는데 그 속에 왜적 3,040명이 삽혈한 피를 발라 서명한 분군기가 들어 있었다. 수천 명이 피를 섞어 죽음으로 승리를 맹세한 문서를 보니 흉측하고 끔찍하여 치가 떨렸다.

좌수사 이순신은 방답첨사의 보고를 받고 여섯 축으로 된 분군기와 노획한 무기 등을 장계와 함께 조정에 올려보냈다. 이틀 뒤에는 영등포 앞바다에서 적선 일곱 척을 발견하고 맹렬히 추격하여 율포 앞바다에서 모두 수장시켰다. 이어 가덕도와 웅천, 김해강 기슭까지 샅샅이 수색해 보았으나 왜적은 미리 겁을 먹고 부산으로 숨어버렸는지 단 한 척의 왜선도 눈에 띄지 않았다.

수색 중에 승첩 소식을 들은 노약자와 굶주린 피난민들이 조선 수군의 배를 보고 앞다투어 몰려들었다. 피골이 상접한 백성들은 땅에 엎드려 울면서 제발 살길을 열어 달라고 절절히 호소했다. 이순신은 노획한 양곡과 의복 등을 나누어 주고 오갈 데 없는 사람들은 여수로 데려다 정착시키기로 했다.

연합 수군은 두 번째 출전에서 72척의 적선과 수백 명의 왜적을 분멸했다. 적은 헤아릴 수 없이 많은 사상자가 났으나 아군은 약간의 피해를 입었다. 전선은 모두 무사했지만 열세 명의 전사자와 서른네 명의 부상자를 냈다. 다만 한 가지 간과할 수 없는 심각한 문제는 왜적이 의도적으로 조준사격을 위한 표적을 고르기 시작했다는 점이었다.

23. 짓밟히는 강토, 풍신수길의 특명

수군이 연전연승을 거듭하는 동안 육지의 상황은 더욱 악화 일로로 치닫고 있었다. 개전 20여 일 만에 한성이 함락되고 도원수 김명원과 한응인이 이끌던 1만 2천의 군사마저 임진강 전투에서 궤멸되었다. 임금은 채 싸워보지도 않고 한성에서 퇴각한 도원수 김명원을 불신했다. 도원수인 그에게 한응인의 군사를 지휘할 권한을 박탈하고 한응인에게 별도의 지휘권을 부여했다.

그게 화근이었다. 왜적이 코앞까지 밀고 올라오자 다급해진 임금은 판단력이 흐려졌다. 한응인은 젊고 패기 만만했지만, 전투 경험이 부족한 탓에 대두리 전투에 대처할 능력이 부족했다. 전쟁은 패기와 힘만으로 하는 게 아니었다. 무엇보다 사세를 정확히 읽고 나서, 치밀하게 작전을 짜고 신중하게 움직이는 용의주도함이 필요했다. 인내심이 부족했던 한응인은 이쪽에서 먼저 배를 타고 강을 건

넜다. 김명원의 만류에도 불구하고 적의 유인책에 빠져 스스로 사지로 걸어 들어간 셈이었다.

며칠 뒤에는 최후의 보루로 믿었던 근왕군 5만마저 용인전투에서 와키자카 야스하루가 이끄는 2천의 기마병에게 허무하게 깨어졌다. 남은 군사는 평양성을 지키는 3천 정도의 군사가 고작이었다. 임금은 평양을 떠나 다시 의주로 몽진했다. 평양의 백성들이 몽진하려는 기미를 알아채고 동요를 일으켰지만, 그 일은 유성룡이 나서서 가까스로 휘갑했다.

임금의 마음은 천 갈래, 만 갈래로 찢어졌다. 믿었던 육군이 추풍낙엽이 되어 줄줄이 궤멸되는 동안 사직과 강토는 쑥밭이 되고 백성은 도탄에 허덕이며 갈 바를 몰랐다.

군주로서 체통은 땅에 떨어지고 왕실의 가마도 이젠 어디로 나아가야 할지 막막했다. 명으로 내부하자는 주장과 더 이상 물러서면 안 된다는 주장이 팽팽했다. 6월 15일에는 평양성도 맥없이 적의 손에 떨어지고 강원도와 함경도는 가토의 군대에 짓밟혔다.

이때, 사천, 당포, 당항포해전의 승첩 보고인 '당포파왜병장'이란 장계가 도착했다. 절망의 나락에 빠져 허우적대던 임금은 이 장계를 보고 기쁨의 눈물을 흘렸다. 절망 속에서도 한 줄기 희망의 빛을 본 듯했다. 조정 대신들 역시 낡은 종잇장처럼 구겨지고 빛바랜 얼굴에 한 줌의 햇살을 담았다. 이 연이은 해전의 완승은 비단 임금과 조정에만 희망의 빛을 던진 게 아니었다. 겁에 질려 흩어졌던 관군들이 돌아오고 기가 죽을 대로 죽어 숨을 곳만 찾던 백성들이 몰려나와 스스로 의병을 조직해서 왜적과 싸우기 시작했다.

그즈음, 풍신수길은 어깨춤을 덩실거리며 천주각을 미끄러지듯 돌아다니고 있었다. 조선 땅에 상륙한 제1군의 고니시는 불과 20여 일 만에 한성을 점령하고 평양을 향해 무혈 진격 중이라 했다. 제2군의 가토 역시 한성을 넘어 함경도로 거침없이 북상 중이라 했다. 그는 연이어 날아드는 승전보에 취해 뜬구름 위에 올라앉은 듯했다.

조선군은 일본군이 온다는 소리만 듣고도 놀란 메뚜기 마냥, 도망가기 바빠서 가는 곳마다 무혈입성이라 했다. 어쩌다 전투가 벌어져도 조선의 오합지졸들은 오랜 전국시대를 거치면서 무력이 축적된 일본군 앞에서는 고양이 앞의 쥐나 다름없다고 했다. 도요토미는 도쿠가와 이에야스와 마주한 자리에서 왜소한 체구에 어울리지 않는 경박한 위엄을 갖추고 무리를 장악한 일본원숭이처럼 거들먹거렸다.

"이보시오, 다이나곤! 역시 조선군은 아무짝에도 쓸모없는 오합지졸에 불과하잖소. 주색에 빠진 황제에다 쇠퇴기에 접어든 명군인들 별수 있을까. 가을이 오기 전에 얼른 조선을 주워 먹고, 겨울이 오기 전에 반드시 명의 황제를 내 발아래 무릎 꿇게 할 테니 두고 보시오."

조선의 방어선이 예상보다 쉽게 무너지고 일본군이 승승장구하자 그는 더욱 오만해졌다. 그는 후시미성에 앉아서 조선 정벌을 좀 더 현실적으로 체감하고 싶어졌다. 확실한 전리품은 역시 수급이었지만 수급은 용량과 무게, 그리고 먼 거리로 인한 한계가 있었다.

수급 대신 좀 더 많은 정복의 증거물을 보고 싶은 욕심이 발동한 풍신수길은 조선 점령지에 연통을 넣어 수급 대신 귀를 베어 보내라고 명했다. 태합의 감장에 몸이 단 왜장들은 조선 병사와 민간인들을 가리지 않고 닥치는 대로 귀를 베어 보내기 시작했다. 풍신수길은 가신들과 술을 마시며 나무 궤짝에 담겨져 바리바리 건너오는 해괴한 전리품에 코를 박고 시시덕거렸다. 차마 인간으로서는 납득하기 쉽지 않은 악마적 취미였다.

그러던 그의 얼굴에 먹구름이 비치기 시작한 건 남해에서 수군의 패전 소식이 연달아 전해지면서부터였다. 첫 옥포의 패전은 곧 털어버렸다. 전쟁에서 한 번의 패전은 흔히 겪는 병가지상사라 치부했다. 멍청한 도도 다카토라 놈이 방심하다 당했을 거라, 여겼다. 그러다가 사천, 당포, 당항포에서 연속으로 대패했다는 비보를 접하고 그는 아연실색했다. 옥포해전에서부터 당항포해전에 이르기까지 140여 척의 전선을 잃었고 믿었던 네 명의 수장들이 개죽음을 당했다는 사실이 도무지 믿기지 않았다.

불과 하루 전까지만 해도 조선 국토를 여섯 가지 색으로 구분해 놓고 점령지를 표시해가며 직접 조선 땅을 밟을 날을 손꼽던 그였다. 조선왕이 자기 발밑에 넙죽 엎드리는 모습을 상상하며 남몰래 미소 짓던 그였다. 전황을 보고 받고 고니시와 가토, 구로다에게 감장을 보내라며 우쭐대던 그가 당포, 당항포해전의 연패 소식을 듣고는 안색이 싹 변했다. 수군의 연이은 패전으로 서해 보급로가 막혀버렸고, 평양에 입성한 고니시와 함경도로 북진 중인 가토가 고립되어 힘을 못 쓴다는 말에 더욱 분기가 솟구쳤다.

"이순신이라니? 이순신이 대체 누구란 말이냐? 알맹이 없는 콩깍지 같은 조선이란 나라에도 그렇게 잘 싸우는 장수가 있더란 말이냐. 놈은 도대체 언제 어디서 튀어나온 장수라더냐!"

풍신수길은 아직 후발 대기 중인 다이묘들을 꿇어앉혀 놓고 길길이 뛰었다.

이시다 미쓰나리가 허리를 꺾고 머리를 깊숙이 조아리며 아뢰었다.

"그는 본디 청국(충청, 경기) 사람이온데 잘 알려지지 않은 장수라 하옵니다. 아마도 작년에 조선 수군을 맡은 초짜 장수인 듯하온데 그에게는 쇠로 거북등처럼 덮어씌운 멍텅구리 배가 있어서 아무리 조총을 쏘아도 깰 수 없다 합니다. 거기다 어찌나 신출귀몰한지 한번 걸려들었다, 하면 도저히 당해낼 재간이 없다 하옵니다."

"저, 저, 저런 병신 같은 놈들! 그래, 우리 일본에서 이름깨나 날리던 장수들이 조선의 초짜 장수 하나 당해내지 못한다더냐."

풍신수길은 불같이 화기를 쏟아내다가 곧 생각을 바꾸어 이시다를 가까이 불렀다.

"지금 서해 보급로가 막혀 고니시와 가토가 더 이상 힘을 못 쓰고 있다. 그래, 우리 수군 중에서는 이순신이란 자를 당할 자가 그리도 없다, 이 말인가. 그렇다면 장차 우리 수군을 어찌하면 좋겠는가. 누구를 남해로 보내면 당장 달려 나가 이순신이란 놈의 목을 베어 올 수 있겠는가."

풍신수길은 조선 침공 이래 가장 심각하고 절박한 어조로 이시다를 채근했다.

이시다는 한동안 심사숙고 끝에 세 사람의 이름을 입에 올렸다.

"한성 공략에 참전 중인 와키자카와 구키를 남해로 보내, 부산의 가토와 함께 연합함대를 편성하는 것이 가장 좋을 듯하옵니다."

이시다 역시 일본 수군의 연전연패가 믿기지 않았다. 조선에서 왜구로 통하는 일개 해적에게도 절절매던 조선 수군에게 막강한 일본 수군이 쪽도 못 쓰고 내리 당하기만 하다니! 그러나 와키자카와 구키, 가토의 연합함대라면 틀림없이 이순신의 목을 베고 서해 뱃길을 시원하게 뚫어낼 수 있으리라고 믿었다. 특히 와키자카는 수륙 양면에서 명성을 떨치던 장수였다.

도요토미는 그제야 겨우 안심이 되는지 얼굴에 희색을 띠고 말했다.

"와키자카라면 한번 믿어 볼 만도 하지. 아무튼 경거망동하지 말고 만사를 신중히, 신중히 최선을 다해서 하라고 해. 내 이번에 이순신 그놈의 목을 베어오는 자는 그 공을 크게 치하하리라."

그로부터 며칠이 지난 6월 14일, 도요토미의 특명을 받은 와키자카, 구키, 가토 세 왜장이 부산에서 만나 작전회의를 가졌다. 그 회의에서 그들은 이순신부터 먼저 죽여 목을 베어야 한다고 이구동성으로 부르짖었다. 이튿날에도 그들은 115척에 달하는 연합함대를 구성하고 다시 한번 서해 진출을 위한 결의를 다졌다.

24. 드디어 적(敵) 출현

임진년 7월 6일, 천손은 늘 그러하듯 새벽부터 해간도 쪽으로 조업을 나갔다. 생계를 위한 작업과 동시에 왜군의 동태를 미리 파악할 목적에서였다. 말린 해초를 육지에 내다 파는 두룡포의 보부상에 의하면 내륙은 왜군의 마차가 닿는 곳마다 온 마을이 졸지에 쑥밭으로 변해버린다고 했다. 관가와 여염집 할 것 없이 죄다 불타 없어지고 거리에는 가축은 물론 사람 씨 종자 하나 찾아보기 힘들 정도라 했다. 짐작건대 아마도 적진포의 참상과 크게 다를 바 없는 듯했다. 그에 생각이 미치자 분이의 모습이 눈에 선히 떠오르고 억울하고 분한 생각에 가슴이 터질 듯했다.

그물을 내리다가 멍하니 적진포 쪽을 바라보고 있는데 무언가 심상찮은 광경이 천손의 눈길을 끌어당겼다. 지도 쪽에서 견내량 좁은 물목을 넘어오는 한 무리의 선단이 눈에 든 것이었다. 천손은 적진포에서 본 왜적의 배와 흡사한 그 괴선단에 모든 의식을 집중했다. 수수한 모습의 조선 판옥선과는 달리 선상에는 희고 붉은 깃발과 휘장들이 어지럽게 펄럭이고 있었다.

천손은 가슴이 덜컥 내려앉았다. 그토록 들끓는 증오와 원한에 사무친 왜적들의 배가 분명해 보였다. 어림짐작으로 헤아려보니 족히 70여 척은 되어 보였다. 결코 적은 숫자가 아니었다. 적진포의 경우는 13척의 배가 들어와 마을을 온통 쑥대밭으로 만들었었다. 저 배들이 불을도로 습격해 온다면?

천손은 한순간, 머리 위로 날카로운 발톱을 세운 검은 독수리가 덮치는 듯한 환상에 사로잡혔다. 잠시 멍하던 그는 손에 쥐고 있던 그물 자락을 놓고 급히 뱃머리를 돌렸다. 힘껏 노를 저어 오다가 뒤를 돌아보니 모든 배들이 덕호 마을 쪽으로 선수를 틀어 진입하고 있었다. 빠르게 노를 저으면서도 순간순간, 고개를 돌려 살펴보니 견내량은 아직 별다른 움직임 없이 마치 폭풍전야처럼 고요해 보였다. 천손은 안도의 한숨을 크게 내쉬었다. 당장은 불을도나 두룡포 쪽으로 쳐들어올 것 같지는 않았다.

'견내량에서 얼마나 정박하게 될지…'

얼마 후엔 날이 저물 것이기에 거기서 밤을 보내려는지, 아니면 두룡포나 불을도 쪽으로 서진하며 야간기습을 하려는 것인지는 알수 없었다. 하지만 당장 쳐들어오지 않는다면 당포의 수군에게 알릴 얼마간의 시간은 번 셈이었다. 지난밤, 두룡포에 사는 어부 강모로 부터 조선 수군이 당포에 정박했다는 정보를 입수했다. 6월에 사천, 당항포 등에서 대두리 해전이 있었고, 한동안 잠잠하다가 오랜만에 다시 모습을 드러낸 것이라 했다. 천손이 믿는 것은 오직 조선 수군 뿐이었다. 30여 척의 판옥선이 적진포에서 왜적의 배를 두들겨 박 살 내던 모습이 아직도 눈에 선했다.

천손은 급히 노를 저어 병석이 조업 중인 방화도 앞으로 갔다. 왜적이 견내량까지 쳐들어왔다는 말을 듣고 병석의 두 눈이 크게 벌 어졌다. 그는 채 천손의 얘기가 끝나기도 전에 낚싯대를 던져버리고 마을 쪽으로 뱃머리를 돌리려 했다. 천손은 건지를 뻗어 병석의 배 에 걸어 놓고 마을 사람들의 피신에 대해서 의논했다. 당장 한산도 로 대피하기보다는 사세를 보아가며 피신시키는 게 좋겠다는 천손 의 뜻에 병석도 적이 고개를 끄덕였다. 미리 망꾼을 보내어 왜적의 동태를 용의주도하게 파악하고 왜적의 배가 움직이기 시작하면 즉 시 행동을 개시하기로 의견 일치를 보았다.

천손이 당포 쪽으로 수군을 찾아간 사이 철곤이 마을 사람들을 지휘하여 대피 준비를 하게 하고 병석은 다시 방화도 앞으로 나와 망을 보기로 했다. 왜군이 견내량에서 얼마쯤 쉴 것으로 보이지만 아직은 어디로 튈지 모르는 들개 떼나 다름없었다. 천손은 병석에게 환 중인 아버지를 잘 돌봐 달라는 부탁과 함께 종마장의 말들도 산

등성이 너머로 이동시켜 주길 당부했다. 한시가 급한 판이라 식솔과 종마를 손수 챙길 촌각의 여유가 없었다.

병석과 헤어져 미륵도 쪽으로 노를 저어가면서 천손은 마음이 몹시 불안했다. 제발 왜군이 자신이 돌아올 때까지만이라도 견내량에 머물러 주기를 간절히 빌었다.

25. 죽음을 무릅쓴 질주

미유지를 거쳐 당포로 가는 길은 평지였지만 길이 너무 멀어서 시간이 많이 소요될 듯했다. 반면 봉숫골을 거쳐 미륵산을 넘는 길은 너무 거칠고 험했다. 산짐승의 공격을 받을 수도 있었으므로 화급을 다투는 경우가 아니면 선뜻 취할 수 있는 길이 아니었다. 하지만 천손에겐 촌각이 급한지라 선택의 여지가 없었다. 천손은 해평들을 지나 봉숫골 비탈길을 달렸다. 해 떨어지기 전에 미륵산을 넘고, 야싯골을 거쳐 당포로 곧장 달려갈 작정이었다.

절골을 지나 도솔암에 이르렀을 때는 턱 밑까지 숨이 차서 도저히 더는 달릴 수 없는 지경이었다. 그러나 왜적을 코앞에 두고 잠시도 지체할 수 없다는 위기감이 그를 다시 일으켜 세웠다. 암자 밑 옹달샘에서 물 한 모금으로 목을 축이고 잠시 숨을 고른 다음 천손은 다시 뛰기 시작했다.

175

작은망 아래쪽 컴컴한 숲을 지날 때, 바로 곁에서 무엇이 펄쩍 뛰어올랐다. 늑대나 범인가, 하여 머리끝이 쭈뼛 섰다. 그래서 더욱 정신없이 달렸다. 고갯길을 넘다가 발을 헛디뎌 언덕을 굴렀다. 나뭇가지와 거친 가시풀에 팔다리의 살갗이 긁히고 이마에서는 피가 흘렀다.

고개 넘어 야숫골에 도착했을 때 천손의 얼굴과 팔다리는 온통 피멍과 상처투성이였다. 천손은 상처의 쓰라림을 느낄 새도 없이 땀을 훔치고 다시 뛰기 시작했다. 조부당한 산굽이 길을 돌아 나와, 가쁜 숨을 몰아쉬며 고개를 들었을 때, 눈앞에 바다가 보였다. 드디어 당포마을에 도착한 것이었다. 먼발치에서 눈에 익은 굵직굵직한 전선들과 조용히 나부끼는 깃발들이 보였다. 그곳을 향해 다리를 끌듯이 힘겹게 걸어가는 동안 날은 완전히 저물고 바로 인근 산기슭에서 새 떼가 날아올라 박명 속으로 묻혔다.

당포 선착장에 도착했을 때는 거의 탈진상태였다. 입은 마르고 다리는 풀어져 한 발짝도 더 옮길 수 없는 지경이었다. 게다가 '마침내 다 왔다'라는 안도감에 긴장감이 풀어지면서 저도 모르게 그 자리에서 털썩 주저앉고 말았다. 깜박, 정신을 놓았다가 누군가 팔을 잡아채는 기척에 고개를 들어 보니 어느새 창을 든 수군 병졸 두 명이 다가와 있었다.

"넌 누구냐? 왜 여기 군문 앞에 와서 이러고 있느냐?"

둘 중 키가 작고 땅땅한 병사가 물었다. 주근깨를 얼굴에 들이부은 듯했고 눈매는 작고 날카로웠다. 나이는 서른 안팎 정도였다.

"예, 나는 불을도에 사는 어부이온데… 큰일 났습니다. 견내량에 왜적이 쳐들어왔습니다. 70여 척의 왜선이 견내량에 들어갔는데 지금 그곳은 어찌 되었는지 알 수가 없고 아마도 곧 불을도나 두룡포 쪽으로 쳐들어올 것 같습니다. 어서 수사 나리께 알려야 합니다."

천손은 말을 이으려다가 갑자기 목이 잠기면서 기침이 터져 나왔다. 곁에 있던 병사가 옆구리에 차고 있던 수통을 끌러 물을 먹여주었다. 또 한 병사는 판옥선들이 줄지어 정박해 있는 선창 끝부분을 향해 달려갔다.

그러고 나서 얼마 후에 그 병사와 함께 서너 명의 장졸들이 다시 와서 여러 전선(戰船)들 중에서 기치가 화려한 판옥선으로 천손을 데려갔다. 횃불을 밝힌 상갑판에 10여 명의 장졸들이 늘어서 있고 그 앞쪽 의자에 위엄을 갖춘 늙수그레한 장수가 앉아 있었다. 그는 불빛에 번뜩이는 투구와 갑옷을 입고 있었다. 천손은 그가 최근에 벌어지는 전투마다 왜선을 박살 내며 위용을 떨치는 전라 좌수사 영감일 것이라 짐작했다.

"다시 한번 상세히 말해 보거라. 네가 본 것이 확실히 왜적의 함대가 맞느냐?"

정중히 고개 숙여 꿇어앉은 천손을 향해 의자에 앉은 장수가 물었다. 목소리가 큰 물결처럼 은근하면서도 묵직한 위엄이 느껴졌다.

"예, 틀림없사옵니다. 한 70여 척의 배가 열을 지어 덕호 마을 포구로 들어갔사온데 큰 배, 작은 배, 중간 것 세 종류였습니다."

"우리 수군이 여기 있다는 건 어떻게 알았느냐."

천손은 고개를 들고 전라 좌수사로 보이는 장수를 똑바로 바라보았다. 예상했던 만큼 무섭게 생긴 얼굴은 아니었다. 함부로 범접할 수 없는 위엄이 느껴지면서도 오히려 꽉 조였던 가슴이 느긋이 풀리는 안도감을 느꼈다. 천손은 다른 수군 장졸들을 대할 때보다 한결 마음이 든든해지고 담대해졌다.

"예, 소인은 그동안 우리 수군의 움직임을 암암리에 살피고 있었습니다."

"무어라고? 네가 우리 수군의 동태를 암암리에 살피고 있었더란 말이냐? 그 무슨 해괴한 소리냐?"

좌수사의 부드럽던 두 눈이 모가 나고 눈빛도 몹시 매서워졌다. 그러나 천손은 두려워하지 않고 또박또박 대답했다.

"두어 달 전, 소인은 적포(적진포)에 있었습니다. 적포와 덕곡, 범바위골에서 자행되는 왜적들의 천인공노할 소행을 두 눈으로 똑똑히 보았습니다. 왜놈들은 사람이 아니라 흡사 두억시니나 들개 떼 같았습니다. 사람과 가축 할 것 없이 닥치는 대로 죽이고 도륙했습니다. 또한 집집마다 곡식과 쓸만한 것들은 죄다 털어가고 빈집에 불까지 질렀습니다. 그런 흉악한 놈들이 언제 소인이 사는 불을도로 쳐들어올지 몰라 늘 근심하지 않을 수 없었습니다. 하여, 믿는 데라곤 오로지 우리 수군밖에 없었기에… 언제라도 왜적이 나타나면 즉각적으로 달려가 연통하고자 감히 우리 수군의 행적을 파악하고 있었던 것입니다."

좌수사 이순신은 잠시 눈을 감았다가 다시 떴다. 베잠방이 아래 드러난 팔다리와 얼굴이 온통 피투성이에 가까운 천손이 고개를 들고 그를 빤히 바라보고 있었다. 구릿빛 얼굴에 빛나는 두 눈, 야무지게 단련된 근육질의 몸에서 범상치 않은 기개와 끈기가 엿보였다.

"그래, 네 말이 한 치의 거짓 없는 사실이렷다! 좋다, 네가 그 멀고 험한 길을 한달음에 달려 여기까지 왔으니, 그 충정과 기개가 가상하다. 그 밖에 무어 더 할 말은 없느냐?"

좌수사의 말투가 더욱 은근해졌다. 그는 무엇이 이 아이로 하여금 사력을 다해 여기까지 달려오게 이끌었을까, 마음속 깊이 헤아리던 중이었다.

잠시 머리를 조아리며 땅을 내려다보던 천손이 이윽고 머리를 들고 감정에 복받친 듯 거침없이 말을 쏟아냈다.

"예, 있사옵니다. 나으리, 제발 원통하게 죽은 우리 분이와 죄 없는 적포 백성들의 원수를 갚아주옵소서. 머리에 짐승 대가리를 쓴 왜장 놈이 우리 분이를 겁탈하고 무참히 베었습니다. 그녀의 아비와 아시 동기, 그리고 수많은 적포 마을 사람들을 살해했습니다. 그들의 원수를 갚아주십시오. 저는 적포에서 적의 배를 순식간에 박살 내는 우리 수군의 위용을 보았습니다. 그놈들을 쳐부수는 데는 우리 수군밖에 없는 듯합니다. 우리 분이의 원수를 갚을 수만 있다면 미력하나마 저 역시 군문에 나아가 목숨 바쳐 싸우고자 합니다. 부디 거두어 주시옵소서."

전라 좌수사 이순신은 이윽히 천손을 바라보며 입을 뗐다.

"그렇게 용기 있고 당찬 네가 어찌 지금까지는 군문에 들지 않았더냐?"

장수란 사람들은 다 자신이 군문에 들지 않은 것을 못마땅하게 여기는 듯하다고 생각하면서 천손은 장황히 설명했다.

"예, 저의 아비는 경상우수군의 격군이었사온데 몇 달 전에 갑자기 병을 얻어 몸져누웠습니다. 소인 역시 수군이 되고자 했으나 아비가 군역에 있고 가사를 돌볼 사람이 없는지라 부득이 집안 건사를 위해서 경상우수군의 종마장을 관리하는 것으로 군역을 대신하게 되었사옵니다. 하오나 지금은 열 일 다 제쳐 놓고 군문에 나아가고자 합니다. 받아만 주신다면 기꺼이 수군이 되어 그 짐승 같은 왜놈들 숨통을 끊어 놓고자 합니다."

그 말을 듣고 좌수사의 바로 뒤에 있던 방답첨사 이순신이 천손을 알아본 듯했다. 그가 좌수사에게로 무어라고 귀띔을 했다. 좌수사는 고개를 끄덕이며 다시 천손을 굽어보며 말했다.

"알았다. 수고했으니, 넌 잠시 막사에 가서 쉬도록 해라. 좀 더 알아볼 일이 있으니…"

그러나 천손은 수사의 말을 당장은 그대로 받들 수 없었다.

"아니옵니다. 소인은 지금 당장 불을도로 돌아가야 합니다. 왜적이 언제 어떻게 급습할지 한시도 마음을 놓을 수 없습니다. 돌아가서 왜선들의 동태를 살펴보고 소인의 식솔들과 마을 사람들을 안전한 곳으로 피신시켜야 합니다."

"그래, 네 말뜻은 알겠다마는 지금은 깜깜한 밤이고, 왜적도 밤에는 함대를 이동하지 않을 것이다. 그 험한 밤길을 혼자 보낼 수 없으니 우리 군 탐망선이 그쪽으로 갈 때, 그 배를 타고 가도록 해라."

좌수사는 뒤쪽에 도열한 장졸들에게 무언가 지시를 하고 나서 상갑판에 장대(將台)가 있는 다른 배로 건너갔다. 잠시 후, 또 다른 젊은 장수가 와서 작은 배에 그를 태웠다. 배가 당포를 떠나 춘원포 쪽으로 이동하는 동안 그 장수는 견내량의 조류와 수심, 암초를 비롯한 섬들의 여러 사정에 대해서 자세히 캐물었다.

26. 한산해전

맑고 고요한 아침이었다. 푸른 바다의 표면을 덮고 있던 물안개가 걷히면서 섬 굽이 사이로 조선 판옥선들이 하나둘, 모습을 드러냈다. 선단은 미륵도 뒤쪽에서 천천히 조심스럽게 다가왔고 수륙터를 지날 즈음 두을 포구 깊숙이 숨었던 배들도 빠져나와 합세했다. 화도와 방화도 뒤에 숨은 배들 중, 일부는 그대로 잔류했다.

선단은 뱃머리를 동북쪽으로 하고 삽(卅) 자형의 이동대열을 이루면서 천천히 발진했다. 중군 선두에서 전라 좌수사 이순신은 견내량 쪽을 유심히 살폈다. 고성군 춘원면과 거제도 사이의 좁은 물목에 들어앉은 견내량 앞바다는 아직 잠에서 깨어나지 않은 듯 조용했고, 적의 탐망선으로 보이는 적선 한 척이 배회하고 있었다.

이순신은 중군의 방답첨사에게 명하여 선단의 모든 배들이 속도를 완전히 줄여 제 자리에 머물도록 명했다. 그러자 5척의 판옥선만이 대열에서 빠져나와 견내량 쪽을 향해 천천히 나아가기 시작했다. 발선의 기세가 자못 활기차고 당당한 그 배들은 정운이 지휘하는 연합함대의 별동대였다.

정운은 기개와 용맹이 뛰어난 장수였다. 적을 보면 물불을 가리지 않고 달려드는 저돌적인 사내지만 그렇다고 지각없이 경거망동하는 사람은 아니었다. 정운의 별동대가 맡은 역할은 적의 주력부대를 유인하여 한산도 앞바다로 끌어내는 것이었다.

천손과 함께 견내량으로 나갔던 김인영은 자정 무렵 당포로 돌아와서 이렇게 보고했었다.

"과연 적선은 대선 36척, 중선 24척, 소선 13척으로 천손의 말과 거의 일치합니다. 포구에 정박한 적선에서 각양각색의 깃발들이 어지럽게 나부끼고, 간간이 노랫소리가 흘러나오기는 했지만 난잡하지는 않았습니다. 분탕질도 없이 대체로 진중해 보였고, 견내량 앞바다에 탐망선을 풀어 경계에 한 치의 느슨함도 보이지 않았습니다. 아마 곧 전개될 전투를 위하여 조용히 휴식을 취하면서 만약의 기습에 대비하고 있는 듯이 보였습니다."

김인영의 보고는 적의 탐망선 때문에 근접도가 다소 떨어지긴 했지만 적의 동태를 짐작하기에 충분했다. 뭔가 칼을 갈며 단단히 벼르는 적의 살기가 매운 연기처럼 싸하게 전해왔다.

아무래도 이번만큼은 녹록지 않아 보였다. 왜적도 그동안의 거듭

된 패전을 설욕할 요량으로 단단히 벼르고 나왔을 것이다. 남해에서 연전연패했다는 보고를 받고 대로한 풍신수길이 이순신의 목을 베고 서해 진출의 활로를 뚫을 것을 특별히 명하여 나름으로 신뢰하는 세 장수들을 보냈다는 정보가 있었다. 그들 세 장수가 부산에서 작전회의를 열고 반드시 이순신의 목을 베고 서해로 진출하겠다는 결의를 다진 뒤, 115척에 이르는 대선단을 이끌고 여수를 향해 출격했다는 첩보도 속속 들어왔다. 그들 세 장수의 면면은 잘 모르나 용인 전투에서 불과 2천의 병력으로 조선 근왕군 5만을 궤멸시킨 왜장이 포함되어 있다고 했다.

자신들의 우두머리로부터 추상같은 임무를 부여받은 자들이 적을 근접거리에 두고 분탕질이나 하면서 태연히 노닥거릴 리 없었다. 연이은 패전에 대해서 나름대로 분석도 했을 것이고 미비한 전투력을 보완도 했을 것이다.

하여, 이쪽에서 포를 쏘며 달려들면 꼬리를 물린 개가 즉시 돌아서서 물듯 반격을 전개해올 가능성이 컸다. 물목이 좁은 견내량 해협에서 맞붙어 싸우면 서로 뒤엉키면서 금방 혼전 양상으로 치달을 터였다. 더욱이 견내량은 암초가 많은 곳이라서 함부로 공격해 들어갔다가 좌초할 가능성도 컸다.

수심이 얕은 만큼 물살이 세서 공세에서 수세로 전환할 때, 금방 배를 돌리기도 쉽지 않을 듯했다. 왜의 전선은 가볍고 빨랐다. 그들의 전략이란 조총을 쏘면서 빠르게 접근하여 갈고리를 걸치고 월선을 감행하는 단순한 방식이었다. 단순한 만큼 직선으로 곧장 치고 들어오는 공세가 급소를 겨냥하고 찔러오는 창끝처럼 매서웠다.

이순신은 적의 강점을 아는 반면 적의 약점도 익히 알고 있었다. 적도 이제는 조선 수군의 강점과 약점을 익히 알고 있을 것이었다. 조선 수군의 강점이 적의 약점이고 적의 강점이 곧 조선군의 약점이 될 것이었다.

견내량의 지형과 적정을 소상히 파악한 후에 이억기는 신중했다. 그는 적을 외해로 끌어내어 치자는 이순신과 뜻을 같이했다. 하지만 원균의 생각은 달랐다. 원균은 옥포 전투처럼 곧장 치고 들어가서 적의 퇴로를 막고 일제히 포를 쏘아 적을 단번에 궤멸시키자고 주장했다. 장사진으로 빠르게 치고 들어가서 견내량의 위와 아래쪽을 가로막고 배를 돌려 나오는 왜의 전함들을 양쪽에서 두들기면 독 안에 든 쥐 꼴이 될 것이라 했다.

일견 그럴듯해 보였지만 원균은 적을 너무 가볍게 생각하고 있었다. 왜적이 노략질에 빠져서 방심한 틈이라면 모를까, 쇠꼬챙이 같은 살기와 긴장을 유지한 상태라면 선봉이 채 견내량의 중심을 빠져나가기도 전에 피아간에 한 덩어리로 얽힐 가능성이 컸다. 적의 척후가 아군의 접근을 미리 정탐하여 본대에 알릴 것이고 가볍고 빠른 적선들은 금방 배를 몰고 나와 아군의 선봉을 차단할 것이다. 그들은 지금 곰에게 다 잡은 먹이를 빼앗긴 들개 떼처럼 바짝 독이 올라 있을 것이다.

원균의 주장에 이억기가 마뜩잖다는 듯 고개를 갸웃하며 말했다.

"우리가 접근할 때, 밖은 열려 있고 안으로 들어갈수록 좁아지는 물목이라, 밖의 우리는 금방 적에게 노출될 것입니다. 오히려 적이 먼저 좁은 물목을 가로막고 에워쌀 가능성이 큽니다. 아무래도 적을 넓은 곳으로 유인한 다음 연합함대가 삼면에서 포위하여 두들기는 것이 마땅할 듯합니다."

이순신은 이억기의 응원이 고맙고 흡족했다. 그는 나이는 열 살 아래지만 수군 장수로서 경력과 경험이 풍부한 사내였다. 성품은 대체로 담대하고 공명정대했다. 무엇보다 전공에 몸이 단 원균의 독단적인 황소고집을 꺾을 수 있도록 힘을 보태준 것이 고마웠다.

"이 수사의 말씀이 맞는 것 같소. 척후의 보고대로 지금 왜적은 속에 칼을 품고 신중히 처신하며 때를 기다리고 있는 것 같소이다. 우리가 접근하면 적은 잔뜩 웅크렸다 튀어 오르는 개구리처럼 순식간에 발선하여 좁은 물목에서 금방 아군과 서로 뒤엉키게 될 것이요. 그리되면 백병전에 이골이 난 왜적한테 더 잘 싸우라고 마당 내어주는 꼴이 되고 말 것이외다. 하여, 소장의 생각은…"

이순신은 이미 머릿속에 구체화된 전략과 진법에 대해서 소상히 설명했다. 견내량의 물길을 훤히 꿰고 있는 천손의 진술에 따라 그려진 지도를 펼쳐놓고 공수 전환에 따른 진법의 변형과 신호체계 등에 대해서 설명했다. 진법의 운용은 여수 앞바다에서 수조를 통하여 체득한 전라좌수군이 맡고 두 수사는 주변의 섬 뒤에 은신했다가 진이 펼쳐질 때, 적의 퇴로를 차단하면서 합류하면 될 것이라 했다. 적의 유인 작전은 정운에게 맡기기로 했다.

다 듣고 나서 이억기는 활짝 웃었다. 그런 진법이 있다는 이야기는 들었지만 실제로 접해본 적은 없었는데 듣고 보니 견내량에 딱 맞아떨어지는 전략이라며 기뻐했다. 반면, 원균은 미간을 꿈틀대며 은근히 불쾌감을 드러냈다. 이억기와 비교해서 자신의 의사가 무시당한다고 생각하는 듯했다. 그는 나중에 올릴 장계를 생각하면서 내심으로 전략적 단계에서부터 이미 공과를 따지고 있을지도 몰랐다. 그나마 이순신의 전략과 진법이 그다지 나빠 보이지는 않았던지 입 밖에 내어 반대하지는 않았다.

정운의 함대는 앞서거니 뒤서거니, 곧장 견내량으로 깊숙이 찔러 들어갔다. 그때, 견내량 어귀를 순회하던 적의 탐망선 두 척이 정운의 함대를 발견하고 급히 선수를 돌려 포구 안쪽으로 달아나기 시작했다. 포구에는 과연 수십 척의 왜 전선들이 흰 깃발, 검은 깃발, 붉은 깃발을 어지럽게 펄럭이며 즐비하게 늘어서 있었다.

정운은 앞장서서 적의 탐망선을 따라 들어가며 천자·지자총통을 마구 쏘아댔다. 유효사거리에 닿지 않은 포탄이 바다에 떨어져 물보라만 일었으나 개의치 않았다. 사격의 목적은 적의 제압보다 적의 유인에 있었다. 역시 적은 조선 수군의 기습에 대비하고 있었던지 움직임이 빠르고 일사불란했다. 적의 3층 누각선에서 출동 명령이 떨어지기가 무섭게 좌우에 늘어섰던 배들은 기민하게 움직이기 시작했다. 배의 후미에서 왜군의 동태를 주시하고 있던 정운의 짙은 눈썹이 꿈틀했다. 적의 대장선의 좌우에서 왜선들이 줄지어 쫓아 나오는가 싶더니 곧 주춤하는 기색을 보였다.

'이거 작전이 탄로 난 것인가?'

도끼눈을 뜨고 지그시 굽어보니 아무래도 일본군 진영에서 어떤 지휘체계에 문제가 발생한 듯했다. 부장의 배로 짐작되는 2층 누각선 한 척이 대장선을 막아선 것이었다. 출동 명령을 전 함대에 전달해야 할 부장의 배가 움직이지 않고 오히려 출진하는 선단을 막아섰다면 보통 문제는 아닐 것이다. 정운은 바짝 긴장했고 적을 교란하기 위해 더욱 맹렬히 포탄을 쏟아붓도록 명했다.

한편, 일본군 진영에선 역시 정운의 짐작대로 지휘체계에 난맥상이 돌출해 있었다. 부장 와타나베가 급히 대장선으로 건너가서 와키자카와 마주했다. 두 사람 사이에 험악한 설전이 벌어졌다.

"쇼군! 저들은 지금 우리를 유인하려고 잔꾀를 부리고 있는 것이 분명합니다. 저들이 노리는 건 우리의 전멸입니다. 모종의 함정을 만들어 놓고 우리를 끌어들이려 하는 계책이지요. 저들의 계략에 말려들어서는 안 됩니다."

"무슨 소린가. 적의 공격을 받고도 가만히 앉아서 당하고만 있겠다는 건가. 저들은 우리의 서해 진출을 저지하기 위해 여기 길목을 가로막고 있는 조선군이다. 우리의 위대한 사업을 방해하는 이순신의 조선 수군이란 말이다. 저 배들의 등 뒤에는 이순신이 기다리고 있네. 이순신, 이순신 말이야!"

와키자카의 얼굴이 험악하게 일그러졌다. 용인전투에서 형편없는 조선군 오합지졸을 경험한 와키자카에게 와타나베의 말이 곧게 들릴 리 없었다. 그는 용인전투 이후로 조선군 따위는 사람 발소리만 듣고도 앞다투어 흩어져 달아나는 들판의 메뚜기 떼 정도로 생각하고 있었다. 이순신이 아무리 용맹하고 남다른 지혜가 있다 한들, 그런 오합지졸로는 자신의 적수가 될 수 없다고 철석같이 믿고 있었다. 전공에 몸이 단 그는 용인전투 이후로 더욱 오만과 독선에 빠져 풍신수길의 당부도 잊고 두 경쟁자를 따돌리고 먼저 발선하여 여기까지 온 것이었다.

"이순신이 제 발로 우리의 코앞까지 찾아왔다. 너는 그가 무서우냐? 바보 같은 놈! 놈들이 도망가기 전에 당장 발선하라! 그러지 못하겠다면 여기서 당장 할복하라!"

와키자카는 냉담하게 부장의 충언을 무질러버리고 대장선을 전진 배치한 다음, 크게 소리를 질러 재차 공격 개시를 명했다.

"저놈들을 쫓아라! 저놈들을 쫓아가면 반드시 이순신이 있을 것이다. 한 놈도 살려 보내지 마라! 이순신은 끝까지 쫓아가서 사로잡아라. 내 이놈을 잡으면 사지를 찢어 우리 태합의 분을 풀어주리라."

　북소리가 가파르게 울리고 선단 뒤쪽의 전선부터 차례로 이물을
돌리더니 순식간에 대열을 갖추어 발선하기 시작했다.

27. 학익진(鶴翼陣)

밤새 견내량 물길을 감시하다가 새벽녘에야 돌아와 잠시 눈을 붙였는데 누군가 곤한 잠을 흔들어 깨웠다. 눈을 떠 보니 새벽에 교대해서 방화도 앞으로 감시를 나갔던 병석이었다.

"드디어 일이 벌어진 것 같아."

병석의 얼굴에 공포의 그림자가 박명 속에서 피어오르는 자색 구름처럼 어려 있었다.

"저 화포 소리, 총포 소리 들리지?"

천손은 아직 눈꺼풀을 무겁게 내리누르는 잠을 털어내며 바깥의 소리에 귀를 기울였다. 바짝 곤두선 청각 사이로 정말 폭죽 터지는 소리 같은 총포 소리가 연이어 들려왔다. 천손은 자리에서 벌떡 일어났다.

"병석아! 지금 이러고 있을 때가 아니잖나? 어서 동네 사람들 피신부터 시켜야지."

천손의 목소리가 저도 모르게 파르르 떨려 나왔다.

"우리 수군이 견내량으로 들어가 한바탕 대적하고 있으니 지금 준비해도 늦지는 않겠어. 철곤이가 집집이 연통해서 사람들을 선창으로 불러내는 중이야."

"그래? 그럼 나는 산꼭대기에 올라가서 사세가 어떻게 돌아가는지 망을 좀 보고 올게."

천손은 우선 아버지를 등에 업고 다른 식솔들과 함께 선창으로 가서 자기네 배에 태웠다. 마을의 노약자 세 명도 그 배에 함께 태웠다. 나머지 사람들의 대피 준비는 두 동무에게 맡기고 그는 한달음에 가파른 경사길을 달려서 진두바우산으로 올라갔다.

천손이 산꼭대기에 이르러 막 숨을 고르고 바위 위에 올라섰을 때였다. 춘원면 두룡포와 방화도 사이에 떠 있는 수십 척의 배들이 눈에 들어왔다. 점점 강렬해지는 햇살을 손차양으로 가리고 자세히 살펴보니 조선 수군의 판옥선 5척이 왜 전선을 꽁무니에 달고 쫓기고 있었다. 쫓기는 판옥선은 다급해 보였지만 속도가 느리고 왜 전선들은 날렵하고 빨랐다. 거리가 점점 좁혀지면서 곧 따라잡힐 듯 아슬아슬했다. 판옥선의 꽁무니에서 화포가 불을 뿜었지만 적의 배에 미치지 못했다. 오히려 왜군은 조총으로 응사하며 빠르게 판옥선을 뒤쫓고 있었다. 그 모습을 보고 방화도 앞쪽에 3열 종대를 이루고 있던 수군 본대도 황급히 등을 돌려 도망가기 시작했다.

'왜 저럴까? 수적 열세 때문에 도저히 감당할 수 없다고 판단한 것일까. 그 당당하던 조선군이 채 싸워보지도 않고 쫓긴단 말인가. 적진포 때와는 달리 적의 공세가 너무 강하여 도무지 감당할 수 없을 정도란 말인가. 그렇다면 큰일이다. 마지막 보루로 믿었던 수군마저 패퇴한다면 누가 우리를 지켜 줄 것인가?'

이젠 정말 모든 것을 버리고 무조건 어서 빨리 도망하는 길밖에 다른 길이 없을 듯했다. 천손은 한달음에 마을로 달려가고자 크게 한 번 호흡하며 숨을 다스렸다. 그런데 바로 그때, 천손의 예상을 뒤엎는 굉장한 일이 벌어졌다. 쫓기던 판옥선들이 곤충의 머리에서 더듬이가 돋아나듯 크게 호를 그리며 날개를 활짝 펴는가 싶더니 순식간에 적을 향해 홱 돌아서는 것이 아닌가. 학이 전진하기 위해 날개를 활짝 펼치고 힘차게 허공을 차는 형국이었다. 크게 호를 그린 반원 안에 왜군의 함대 70여 척이 일시에 포위당하듯 갇혀버린 셈이었다. 뒤쫓던 왜군의 함대들이 멈칫하는 듯했지만, 곧 전열을 가다듬고 공격 태세를 가다듬었다.

이제 본격적으로 전투가 전개될 것으로 보였다. 왜군은 2열 종대로 창검으로 찌르듯 파고들 형국이었고 조선 함대는 이를 맞아 둥그렇게 포위하며 감싸 안는 형국이었다.

멀리서 화염이 치솟으며 함포와 총포가 불을 뿜기 시작했다. 어느 쪽이 우세한지 가늠할 수 없는 상황이지만 우선 급한 대로 마을의 노약자부터 안전한 곳으로 피신시켜야 할 것 같았다. 천손은 마치 천둥 벼락이 치는 소리 같은 함포 소리, 총포 소리를 귓등으로 들으며 한달음에 산길을 내달렸다.

마을에 당도해 보니 철곤과 병석 두 동무가 배를 대기시켜 놓고 기다리고 있었다. 천손은 미리 정한 대로 우선 노약자와 부녀자들을 다섯 척의 배에 나누어 싣도록 했다. 이들을 한산섬 염개 마을이나 거제현 어구 마을 쪽으로 일단 피신시켰다가 나중에 때를 봐 가며 후속 조치를 취할 계획이었다. 나머지 열다섯 명의 젊은이들은 불을도 뒷등 말개(말포)에 숨겨둔 뗏목을 이용하기 위해 따로 모였다. 말개는 좁은 물목을 사이에 두고 한산섬 탕지암과 엇비슷하게 마주 보는 곳이었다.

천손은 마을 사람들을 실은 배를 먼저 떠나보내고 열다섯의 젊은이들과 함께 말개를 향해 출발했다. 각자 농기구를 개조한 병기와 돌멩이가 든 망태를 등에 짊어지고 있었다. 천손은 길을 떠나기 전에 대열의 선두에 서서 자신에게 스스로 각오를 다지듯 말했다.

"뗏목을 타고 가다 왜적과 부딪힐 수도 있습니다. 우선 안전하게 탈출하는 것이 무엇보다 중요하지만, 부득이 목숨을 걸고 싸워야 할 순간이 올지도 모릅니다. 바다에서 왜적과 조우하면 뗏목에 왜놈들이 올라타지 못하도록 온 힘을 다해 싸워야 할 것입니다. 모두들 각오를 단단히 하시요!"

"그래, 우리가 살기 위해서라도 죽기 살기로 싸울 수밖에! 왜놈들과 부딪히면 모두들 겁먹지 말고 힘껏 싸웁시다."

철곤과 병석이 큰 소리로 천손을 거들었다.

한편, 한산도 앞바다에선 전라 좌수사의 직접적인 작전 통제하에 지금까지와는 다른 양상의 대두리 전투가 한창 전개되고 있었다.

"진을 펼쳐라! 학익진을 전개하라!"

좌수사 이순신의 입에서 모두가 기다리던 영이 떨어졌다. 대장의 명령은 각 전선의 군관들을 통하여 연쇄적으로 하달되었다. 쇠나팔이 짧게 세 번 울리고 진을 펼치라는 군관들의 복창 소리가 배에서 배로 너울 파도처럼 퍼져나갔다.

잠시 후, 3열 종대의 좌우 열에서 촉수가 돋아나듯 함대들이 줄을 지어 뻗어 나오기 시작했다. 가운데 한 열의 선두는 그대로 직진하여 뒤로 빠졌다. 나머지 반은 속도를 줄여 중심부에 머물며 좌우로 뻗어나간 전선들의 빈 곳을 메웠다. 좌우의 전선들은 둥그렇게 호를 그리며 계속해서 대열을 벌려 나가더니 순식간에 미륵도와 한산도 사이의 한 바다에 반원형의 커다란 날개를 형성했다. 그때쯤, 정운의 함대는 날개 중심부의 중군 후미에 바짝 다가와 있었고 적의 함대는 그로부터 오륙백 보 뒤까지 쫓아와 있었다.

중군의 대장선에서 다시 한번 쇠나팔이 길게 울었다. 그 순간, 호의 바깥쪽을 향하고 있던 전선들이 일제히 호의 안쪽을 향해 방향을 틀었다. 날개의 중심부에 해당하는 중군의 함대는 물방개가 제자리에서 맴을 돌듯이 순식간에 반 바퀴쯤 돌아서고, 날개 끝부분으로 갈수록 천천히 고개를 돌리듯 방향을 틀었다.

전라좌수영 앞 바다에서 이미 수차에 걸쳐 조련한 바 있어, 회전 시차를 적용해서 치밀하게 계산된 격군들의 움직임은 일사불란했다. 정면에서 마주 보는 왜적의 눈에는 마치 한 마리의 거대한 학이 활짝 펼친 날개를 순식간에 휙, 뒤집으며 돌아서는 것처럼 보였다. 평소 잘 조련된 격군과 배 밑창이 천공처럼 둥글넓적한 판옥선이기에 가능한 일이었다.

좌우로 갈라져 도망을 치는 줄 알았던지, 기세도 당당하게 달려들던 왜적이 그 모습을 보고 깜짝 놀라며 주춤하는 듯했다.

그때, 미륵도에 숨어 있던 이억기의 함대가 다가와 왼쪽 날개를 보충하며 적의 퇴로를 막았다. 오른쪽에선 방화도 뒤에 숨어 있던 원균의 함대가 합류하면서 적의 퇴로를 차단했다. 뒤로 빠져나간 전선들은 학의 꽁지 같은 또 하나의 작은 날개를 형성하며 돌아섰다. 보급을 담당하는 소선과 포작선으로 이루어진 전투 지원 부대였다. 이순신의 대장선은 적을 정면에서 마주 보는 위치였고 방답첨사 이순신이 정운의 함대와 어깨를 나란히 하며 중위를 맡았다.

왜적은 졸지에 적의 포위망에 갇혔다는 걸 깨닫고 당황하는 기색을 보였다. 이제 왜군의 함대는 완전히 학의 날개 속에 갇힌 꼴이 되었다.

왜장 와키자카는 그제야 정신이 번쩍 들었다. 주군 풍신수길이 신신당부하며 하던 말이 날카로운 쐐기처럼 머릿속을 파고들었다.

"이순신, 그자를 결코 가볍게 보아서는 안 된다. 반드시 셋이서 협력하되 절대로 경거망동하지 말라. 이순신의 목을 베어오는 사람에겐 지금까지와는 다른 특별한 상을 내리리라."

그때 와키자카는 용인전투를 떠올리면서 속으로 쾌재를 부르짖었다.

'그까짓 조선군 장수 하나쯤이야. 내 반드시 이순신 그자의 목을 베어 오리라.'

그러나 지금 와서 적의 진법 속에 갇히고 보니 확실히 이순신은 보통 장수가 아닌 듯했다. 육전에도 학익진이라는 게 있지만, 실제로 경험하기는 처음이었다. 막상 적의 날개 속에 갇히고 보니 어느 쪽을 어떻게 공격해야 좋을지 난감하고 머리끝이 쭈뼛 서는 기분이었다.

그러나 와키자카도 보통 사람은 아니었다. 전투 경험이 많고, 위기가 왔을 때 더욱 침착해지는 냉혹한 성정을 지닌 자였다. 어느새 70여 척의 함대 전면에 나선 그는 긴 칼을 높이 치켜들고 함대를 지휘하기 시작했다. 얼굴을 완전히 가린 흰 가면이 낮도깨비를 연상케 했다. 그는 육지에서 곧잘 쓰던 거침없는 파죽지세의 공격을 감행할 태세였다.

아군의 중군 쪽을 향하여 2열 종대로 파고드는 적의 움직임을 눈한 번 깜빡하지 않고 주시하고 있던 이순신의 입에서 드디어 발포 명령이 떨어졌다.

"양 귀선 돌격하라! 함포 발사하라! 한 놈도 살려 보내지 마라."

기라졸이 붉은 기를 흔들고 나팔수가 길게 세 번 뿔피리를 불었다. 송희립은 둥둥둥 북을 치며 사부들을 독려했다.

양 날개 중간쯤에서 이언량의 1호 귀선과 박이량의 2호 귀선이 불을 뿜으며 돌격을 감행했다. 좌우 날개를 형성하고 있던 판옥선들도 서서히 사위를 좁혀가며 천자·지자·현자총통으로 철환과 장군전, 차대전을 연달아 쏘아댔다. 이순신은 처음부터 화전으로 공격하지 말고 먼저 장군전과 차대전으로 공격하여 적의 배가 도망하지 못하도록 우선 주저앉히라고 주문해 두었다. 화염이 시야를 가리면 도망치는 적을 놓칠 수도 있었다. 적의 함대는 잠시 어찌할 바를 모르고 허둥대다가 곧 대열을 갖추어 앞으로 달려 나오기 시작했다. 첨 (尖) 자형의 봉시진이었다. 주로 육군이 적의 중심부를 찌르듯 파고들며 공격하던 진법이었다.

3층 누각선에서 하얀 도깨비 가면의 와키자카가 칼을 높이 휘두르며 독전하고 있었다. 날개의 중심부를 향하여 곧게 찔러오던 적의 선두가 갑자기 주춤했다. 흘수선 아래쪽에 귀선에서 발사된 장군전을 연속으로 얻어맞은 적의 2층 누각선 한 척이 기우뚱거리며 옆으로 쓰러지는 것이 눈에 들어왔다. 중군에서 정운의 배가 다시 집중

포화를 퍼붓자 또 한 척의 배가 장군전과 차대전을 차례로 얻어맞고 한쪽으로 비스듬히 기울기 시작했다.

이언량의 1호 귀선과 박이량의 2호 귀선은 적의 양쪽 옆구리를 깊숙이 파고들며 당파를 시도했다. 화도 쪽의 원균과 미륵도 쪽의 이억기 함대는 적의 후미에다 포탄을 마구 퍼부었다. 사방에서 정신 차릴 틈을 주지 않고 닦아세우자 적은 독 안에 갇힌 생쥐 꼴이 되었다. 전진할 수도 없고 물러날 수도 없는 진퇴양난의 처지에 묶인 적은 당황하여 어찌할 바를 몰랐다.

그 와중에도 선두에 섰던 적의 몇몇 함대가 조총을 쏘며 좌우로 날개를 벌릴 조짐을 보였다. 결전을 시도하려는 것으로 보였다. 때를 놓칠 수 없었다. 거리를 허용하면 적은 순식간에 널빤지를 걸치고 월선을 감행할 것이었다.

"화공을 개시하라. 신기전을 쏴라! 불화살을 퍼부어라!"

대장선에서 북소리가 가파르게 울려 퍼졌다. 적의 선단을 포위하며 좁혀든 양쪽 날개에서 꼬리에 불을 단 신기전과 불화살이 빗발처럼 쏟아져 나왔다. 동시에 철환과 편전, 장군전, 차대전, 신기전이 우박처럼 쏟아졌다.

적의 배에서 하나둘 불길이 치솟기 시작했다. 검은 연기가 하늘을 뒤덮고 한데 뒤엉켜 우왕좌왕하던 적의 배들이 불길에 휩싸여 하나둘 침몰하기 시작했다. 몸에 불이 붙은 상태로 바다에 뛰어드는 왜병들의 모습이 마치 갈바람에 우수수 떨어지는 낙엽 같았다. 종횡무진 휘젓고 다니는 두 귀선에게 들이받힌 적의 중선들이 우지끈 소리를 내며 깨어져 나가고 엉겁결에 거북등 개판으로 뛰어내린 왜병들이 비명을 지르며 나뒹굴었다.

그 와중에도 좌우로 벌려 나간 일부 왜선들이 아군 함대의 날개 쪽으로 빠르게 접근하여 월선을 준비하고 있었다. 조총을 쏘며 김득광의 판옥선 쪽으로 다가온 부장 와타나베의 2층 누각선이 갈퀴가 달린 밧줄을 걸치고 배를 끌어당기기 시작했다. 활을 쏘던 사부들이 도끼를 들고 밧줄을 끊어내기 위해 필사적으로 매달렸다. 줄은 잘 끊어지지 않았다. 양쪽 배가 적당한 거리로 좁혀지자 적은 순식간에 판옥선의 성가퀴에 널빤지를 걸쳤다. 적의 조총이 이쪽 판옥선을 향해 집중사격을 하는 가운데 칼을 든 왜병들이 널빤지를 타고 줄을 이어 달려 나오고 있었다. 조총을 맞고 활을 쏘던 사부들 서너 명이 갑판에 쓰러졌다.

위기의 순간, 곁에 있던 첨사 이순신(李純信)의 판옥선에서 천자총통이 불을 뿜었다. 김득광의 판옥선에서도 장군전이 날아갔다. 부장 와타나베의 2층 누각선은 연속으로 장군전 2대를 얻어맞고 급속히 한쪽으로 기울기 시작했다. 그 바람에 널빤지를 타고 달려 나오던 왜병들이 우수수 물 위로 떨어져 내렸다.

침몰 직전에 급속히 기울던 왜선의 돛대가 김득광의 판옥선을 후려쳤다. 활을 쏘며 사부들을 독려하던 김득광이 돛대 끝에 어깨를 맞고 휘청했다. 왜병들이 돛대를 타고 개미 떼처럼 매달려 월선을 감행하려 했다. 일부는 줄에 매달려 거미처럼 기어오르고 있었다. 사부들이 활과 총통 대신 창과 장병검을 손에 들고 우현으로 달려가 줄을 잡고 기어오르는 왜병을 창으로 찍거나 장병검으로 후려쳐 걷어냈다. 왜병들이 피를 뿜으며 물 위로 떨어져 내렸다. 비명 소리가 울부짖듯 처량하게 들렸다.

적장 와키자카 야스하루가 탄 대장선도 장군전과 차대전을 연속으로 얻어맞고 크게 흔들렸다. 망루에 붙은 불길은 겨우 잡았지만 배의 후미가 파손되어 물이 들이칠 지경에 이르렀다. 격군장으로부터 후미에서 물이 들어온다는 보고를 받고 와키자카는 급히 대열의 바깥쪽으로 배를 이동시키도록 명했다. 이미 전세는 회복하기 힘들 정도라고 판단하고 그는 퇴로를 엿보기 시작했다.

28. 원수는 외나무다리에서

　말개로 가는 길은 좁은 산길이었다. 7월 초, 한창 신록이 무성한 때였고 한동안 인적이 뜸했기에 길게 뻗어 나온 가지를 쳐내어 가며 줄지어 산길을 걸어야 했다.

　산모퉁이를 돌아 바닷가에 거의 다다를 무렵이었다. 앞서가던 천손이 십여 보 앞에서 다가오는 누군가를 발견하고 걸음을 멈추었다. 모두 세 사람이었고, 한눈에 봐도 범상치 않은 복장이었다. 물에 빠진 생쥐 꼴이었지만 손에는 긴 칼을 들고 있었다. 이제 막 바다에서 기어 올라왔는지 온몸에서 물이 뚝뚝 흐르고 있었다. 천손은 그들이 첫눈에 왜적의 패잔병임을 알아보았다. 한 왜군은 다리에 부상이 있는지 다른 왜군이 부축하고 있었다. 그는 뒤로 손을 뻗어 뒤따르던 청년들을 제지하며 나지막이 소리쳤다.

　"왜군이다! 싸울 준비를 해야겠소! 모두들 소나무 숲속으로 멀찍이 물러서서 왜군을 마주 보고 둥그렇게 포위하시오."

숲속 나무둥치 사이에서는 아무래도 칼보다 긴 창이 유리할 것 같았다. 또한 좌우에서 장대 끝에 달린 낫으로 협공하면 잘 조련된 군사라도 세 명 정도는 거뜬히 해치울 수 있을 것 같았다.

천손의 다잡이에 마을 장정들은 길 좌우의 소나무 숲으로 뛰어들었다. 처음엔 주춤하던 왜군들이 숲속으로 뛰어드는 마을 청년들을 보고 도리어 칼을 치켜들고 쫓아왔다. 천손은 등 뒤의 망태기를 풀고 돌멩이를 끄집어낼 여유가 없었으므로 급히 창을 뻗어 적을 향해 겨누었다. 철곤과 병석도 장대 끝에 식칼을 꽂아 만든 창을 들고 왜군과 정면으로 맞섰다. 칼을 든 왜군을 제거하지 못하면 내가 죽을 판이었고, 나중에 마을에 큰 화근이 될 것이므로 사생결단하지 않을 수 없었다.

마을 청년들은 숲속에 흩어져서 우왕좌왕했다. 각자 급조한 무기들을 손에 들고는 있었지만 한 번도 목숨 걸고 싸울 엄두를 내어 본 적이 없는 오합지졸이었다. 반면, 왜적은 꿩을 본 참매처럼 눈빛이 매서웠고 비스듬히 꼬나든 칼날에서 새하얀 살기가 번쩍였다.

왜군들이 칼을 겨누고 다가들자 천손과 두 동무는 길 연변의 소나무가 촘촘히 들어선 숲으로 뛰어들었다. 그러자 셋 중에서도 키가 좀 작고 왜소해 보이는 왜군이 곧장 천손을 향해 달려들었다. 천손이 일행을 지휘하는 대장으로서 가장 위험한 인물이라 판단한 듯했다.

천손은 재빨리 소나무 둥치 뒤로 몸을 피했다. 왜군의 칼날이 소

나무 둥치를 찍고 다시 소나무 사이로 천손의 가슴팍을 향해 찔러왔
다. 천손이 그 칼끝을 피하며 다시 소나무 뒤로 몸을 가렸다. 동시에
왜군의 좌우에 있던 철곤과 병석이 창을 뻗어 협공했다. 왜군이 양
쪽의 창을 피하고 천손을 향해 돌아서려는 순간, 천손은 소나무 둥
치 사이에서 튀어나오며 창을 뻗었다. 놈이 정통으로 얼굴에 창을
맞고 양손으로 눈을 감싸 쥐었다. 눈자위 근처에 크게 상처를 입은
듯했다. 천손을 단순히 민간인이라 여기고 너무 얕본 탓이었다.

다른 두 왜병이 동시에 천손을 공격해 왔다. 놈들은 좀 더 신중
하고 묵직해 보였다. 덩치도 크고 칼을 다루는 동작이 재빠르고 빈
틈이 없어 보였다.

하지만, 아무리 칼솜씨가 좋아도 나무 둥치 사이로 상대를 베는
건 쉽지 않았다. 칼의 길이보다 창의 길이가 더 길어서 찌르기도 불
리했다. 왜군의 칼날은 번번이 나무 둥치에 막혔고 천손의 창은 이
따금 놈의 가슴이나 얼굴을 위협했다. 더구나 등 뒤에서 병석과 철
곤이 협공하고 좀 더 바깥쪽에서는 마을 청년들이 장대 끝에 달린
낫으로 위협했으므로 왜군들은 정신이 없었다.

한 왜군이 칼로 베거나 찔러오면 천손은 소나무 둥치 뒤로 몸을
숨기고 등 뒤에서는 병석과 철곤이 동시에 협공했다. 다른 왜군이
병석과 철곤을 공격하면 배후에서 천손이 공격했다. 화가 난 왜군이
새된 소리를 지르며 천손을 향해 달려들었다. 그는 빠른 동작으로
찌르고 베고 미친 듯 칼을 휘둘렀다. 그 칼날이 천손의 어깻죽지를

가까스로 비껴갔다. 그때, 외곽에 있던 나이 어린 청년 강석이 장대 끝에 달린 낫으로 왜군의 머리를 내리찍었다. 예상치 못한 공격을 미처 피하지 못한 왜군의 정수리에 예리하게 벼린 낫이 박혔다. 비틀거리는 왜군을 천손이 뛰어들어 가슴을 깊숙이 찔렀다. 천손의 창을 맞은 왜군은 비명도 못 지르고 맥없이 고꾸라졌다.

그 뒤쪽에 있던 하나 남은 왜군이 천손을 향해 일직선으로 칼을 겨누고 달려들었다. 하지만 그는 다리를 심하게 절기 시작했고, 함께 토끼몰이에 이골이 난 세 동무는 소나무 둥치 사이로 요리조리 피해 다니며 왜군을 희롱했다. 그러다가 드디어 기회가 왔다.

철곤과 병석이 좌우에서 왜군과 맞서고 천손이 배후에서 왜군의 등을 노리게 되었다. 철곤과 병석이 협공하자 왜군은 차례로 양쪽을 막고 천손을 향해 돌아섰다. 기다리고 있던 천손이 때를 놓치지 않고 재바르게 달려들며 창을 뻗어 왜군의 목을 찔렀다. 목에서 피가 튀었다. 등 뒤에서 눈을 다친 왜군이 정신을 수습하고 천손을 베려는 찰나 곁에 있던 철곤의 죽창이 놈의 옆구리를 파고들었다. 왜군은 비명도 없이 고꾸라졌다.

다시 행장을 수습하여 좌우를 살피며 길을 걸었다. 말개에 도착하여 한 바다 쪽을 보니 수륙터와 불을도 사이에서 피아간 대두리 전투가 전개되고 있었다. 왜 전선은 바다 한가운데에 몰려 있고 조선 판옥선들이 왜 전선을 에워싸고 있는 형국이었다. 천둥소리, 벼락 치는 소리를 방불케 하는 파열음이 요란했다. 검붉은 화염이 치솟고 이따금 수면 위로 물보라가 치솟았다. 벌써 배들이 깨어져 상처 입은 물고기처럼 뒤집히거나 물속에 거꾸로 처박혀 있었다. 일부는 완전히 깨어져 수면에 조각조각 파편으로 떠다니고 있었다. 그래도 승패가 어떻게 전개될지, 아직은 짐작할 수 없었다.

천손은 우선 청년 한 명을 보내어 피난 대기 중인 마을 사람들을 별도 기별이 있을 때까지 선창에 머물도록 연통하고 마을 청년들과 함께 뗏목에 승선했다. 삿대로 뗏목을 밀면서 그는 수면에 떠서 흐르는 부유물에 집중했다. 처음엔 단순히 깨어진 배에서 떨어져 나온 나무판자들인 줄만 알았는데 그 가장자리에 사람들이 삼삼오오 매달려 있었다. 뿐만 아니라 시퍼렇게 출렁이는 수면 위로 부표로 쓰는 통박 같은 것들이 여기저기 흩어져 떠내려오고 있었다.

어떤 것은 낱개로, 어떤 것들은 삼삼오오 모여서 떠다니고 있었다. 자세히 보니 사람 머리통이었는데 그냥 맨머리도 있었고 이따금 작은 삿갓모나 투구 같은 것을 쓴 머리통도 보였다. 멀리서 보아도 그 머리통들은 분명 조선 수군의 것은 아닌 듯했다. 그렇다면 놈들은 분명, 왜적의 패잔병들일 터, 저들이 만약 화도로 상륙한다면? 혹은 탕지암이나 괴목 쪽으로 흘러가 한산 본도에 상륙한다면? 천손의 머릿속으로 불길한 상상이 정수리를 파고들 듯 흘러들었다.

'저들 또한 얼마 전에 산길에서 처치한 왜병들처럼 칼이나 창 같은 무기를 소지하고 있을 수도 있지 않은가.'

그는 삿대로 뗏목을 밀던 손을 멈추고 마을 사람들을 돌아보며 큰 소리로 말했다.

"지금부터 한바탕 전투를 치러야 할 것 같소. 저놈들, 저 머리통들을 좀 보시오. 저놈들이 불을도에 상륙해도 문제고 한산도로 상륙해도 문제가 될 것 같소. 불을도로 상륙하면 선창에서 대기하고 있는 우리 동네 사람들이 위험에 처할 것이고 한산도로 상륙해도 그쪽 사람들이 위험에 처할 것이오. 어느 쪽으로 상륙하든 결국, 우리의 안전을 보장할 수 없소. 우선 불을도로 상륙하지 못하도록 저지하면서 한 놈이라도 더 한산도로 상륙하지 못하도록 우리 손으로 처치합시다. 한 놈도 살려 보내지 말고 모두 쳐 죽입시다."

마을 청년들은 주저주저했다. 그냥 피하거나 묵과해 버리면 그만인 것을 왜 굳이 물에 빠진 적과 싸워야 하냐고 볼멘소리를 했다. 임시방편의 뗏목과 허술한 무기를 갖고 적의 군사와 대적한다는 것은 스스로 위험을 자초하는 꼴이며 울타리 밖의 늑대를 향해 달려드는 것과 같다는 생각인 듯했다.

그러나 천손은 적진포의 참상이 아직도 뇌리에 생생했다. 왜적을 죽이지 않으면 내가 당해야 하는 급박한 사태가 곧 도래할지도 모를 일이었다. 한산도로 피신하면 나중에 내륙으로 숨어든 적의 패잔병들과 또 맞닥뜨릴 가능성이 컸다.

"적이 나타나면 군사들만 적과 싸우는 건 아니오. 나라에서 우리를 지켜주지 못하면 우리 스스로라도 우리를 지켜야지요. 때로는 나와 내 가족, 우리 동네를 지키기 위해 목숨 걸고 싸워야 할 때도 있는 법이오."

"옳소! 저놈들은 우리의 강토를 침입한 이리 떼나 마찬가지요. 때려잡읍시다. 아무리 우리가 오합지졸이지만 물에 빠진 생쥐를 겁내서야 되겠소?"

철곤과 병석이 활을 높이 쳐들고 적극적으로 독려하자 스무 살 안팎의 나이 어린 청년들부터 하나둘 용기를 내기 시작했다. 천손, 철곤, 병석이 겁내지 않고 왜군을 물리치는 광경을 보았기에 약간의 믿음이 마음속에 도사리고 있었다.

불을도와 한산도 사이의 좁은 물목을 돌아 비산도 쪽으로 빠지려던 뗏목은 방향을 바꾸어 표류하는 적을 향해 나아갔다. 학익진의 꽁지에 포진한 수군 보급대로부터 한 마장쯤 떨어진 곳이었다. 천손은 우선 화도 쪽으로 상륙하려는 적부터 처치하기로 했다. 서너 명의 왜군이 헤엄을 쳐서 화도 쪽으로 상륙하려 했다. 천손이 손에서 창을 놓고 허리에 찬 망태기에서 돌을 꺼내 들었다. 철곤, 병석도 꿩 사냥용 활을 손에 들었다. 먼저 천손이 뗏목 쪽으로 떠내려오는 적을 향해 돌을 날리고 철곤과 병석이 활을 쏘았다. 돌멩이는 머리 위를 살짝 스치고 두 개의 화살은 빗나갔다. 크게 숨 한 번 쉴 정도의 시차를 두고 두 번째 돌멩이가 낮게 비스듬히 허리를 구부린 천손의 손을 떠났다. 퍽, 하는 둔탁한 소리가 뗏목까지 들리는 듯했다. 명중이었다. 이마에 돌을 맞은 왜군은 맥없이 물속으로 가라앉았다.

그 모습을 보고 동네 사람들이 환호하며 적과 싸울 자세를 취했

208

다. 천손은 표적이 눈에 들어오는 대로 계속 돌을 날렸다. 철곤, 병석은 화살을 아껴가며 신중하게 쏘았다. 군사들이 쓰는 활에 비해 파괴력도 약하고 명중률도 낮았다. 화살도 그리 많지 않았다. 그래도 신중히 겨냥하면 30~40보 안의 적은 열 번 쏘아 두세 번은 맞혀서 심각한 상처를 입힐 정도는 되었다.

천손의 돌팔매에 네댓 명의 왜군이 수장되고 철곤과 병석의 화살에 대여섯 명 정도의 왜적이 물속으로 가라앉았다. 탕지암 앞쪽의 좀 더 넓은 바다로 나아가자 적의 배가 깨어져 통째로 침몰했는지 물에 빠진 왜군들이 수없이 밀려왔다. 일부는 흘러가고 소수의 왜적은 뗏목 쪽으로 밀려왔다. 뗏목에 기어오르려는 적을 돌쇠, 강석, 닻줄이 등 스무 살 안팎의 청년들이 쇠스랑과 장대 끝에 달린 낫으로 찍어 수장시켰다.

사람을 죽인다는 데 겁을 먹은 몇몇 청년이 멈칫거리다가 하마터면 왜군의 칼에 당할 뻔했다. 병석과 함께 협공하여 뗏목에 가까스로 기어오른 왜군을 창으로 찍어 물속으로 밀어 넣으며 천손은 큰소리로 외쳤다.

"이놈들은 사람이 아니다. 우리를 죽이려는 살인귀다. 우리가 놈들을 죽이지 않으면 우리가 죽고 우리의 부모 형제들이 다 죽게 된다. 정신 차리고 힘껏 막아내고 공격해라!"

열일곱 살의 강석이 장대 끝에 달린 건지로 왜군의 머리를 찍어 수장시키는 것을 보고 멈칫대던 청년들도 덩달아 용기를 냈다.

앞쪽의 패잔병들에게 몰두하고 있는 사이, 등 뒤에서 두 명의 왜적이 거의 동시에 뗏목 위로 기어올랐다. 둘 다 손에 무기를 들고 있었다. 흠뻑 젖은 몸에서 물이 주르르 흘러내렸다. 칼을 든 왜적이 먼저 공격해왔다. 지치고 무거워 보이는 몸인데도 놈은 아직 눈매가 사납고 동작이 민첩했다. 청년들 중에서 나이가 가장 많은 돌쇠 아비가 장대 끝에 달린 낫으로 놈의 머리를 찍으려다가 먼저 놈의 칼에 맞았다. 곁에서 아비와 함께 있던 열다섯 살의 돌쇠가 황급히 낫으로 놈의 어깨를 찍었다. 거의 동시에 비명을 듣고 돌아본 천손이 반사적으로 창을 뻗어 놈의 등을 찔렀다. 큰 상처를 입지 않은 놈이 돌아서서 천손에게 칼을 휘둘렀다. 천손은 창으로 놈의 칼을 막으며 발로 배를 걷어찼다. 놈의 등 뒤에 있던 병석이 낫으로 놈의 머리를 찍었다. 거꾸러지는 놈을 천손이 발로 걷어차서 물속으로 처넣어버렸다. 부러진 창을 든 다른 왜군이 병석의 가슴을 찔렀다. 병석이 피하다가 뒤로 나자빠지자 철곤이 건지로 놈의 머리를 찍었다. 곁에 있던 청년들이 협공하여 놈을 밀어 물속으로 처박았다.

돌쇠 아비는 어깨에 자상을 입었지만, 다행히 상처가 깊지는 않았다. 우선 지혈을 시키고 쉬게 했다.

한숨 돌리려는데 뗏목에서 20여 보 떨어진 거리에서 대여섯 명의 적군들이 나무판자 하나에 매달려 떠내려오고 있었다. 아마도 조선 수군의 총통을 맞고 배가 깨어져 침몰할 때, 떨어져나온 판자에

210

함께 올라탄 왜군들인 듯했다. 그들 중에서도 괴상한 짐승 대가리 투구를 쓴 왜군 한 명이 천손의 시선을 사로잡았다. 보통 왜군의 대장들이 쓰는 투구보다는 좀 작은 뿔 달린 짐승 대가리였다.

천손의 동공이 순간적으로 크게 열렸다가 좁혀지며 도끼눈으로 변했다.

'저놈이다, 바로 저놈이다!'

짐승 대가리를 노려보는 천손의 두 눈이 뜨거운 불길에 휩싸여 이글이글 타오르는 듯했다. 놈의 칼에 난자당한 분이의 처참한 모습이 눈앞을 스쳤다.

"저 짐승 대가리를 놓치지 마라. 빨리 노를 저어라. 어서 저놈들을 쫓아라!"

벼락같은 외침과 동시에 연속으로 두 개의 돌멩이를 날렸다. 그 중 한 개가 왜장의 투구를 치고 되튕겨 나왔다. 철곤과 병석도 화살을 날렸으나 왜군들의 삿갓 모자에 맞고 되튕겼다. 왜군들은 물속에 몸을 담그고 머리만 내놓은 상태였으므로 공격하기 쉽지 않았다. 그러는 동안 왜놈들의 널빤지가 좀 더 바짝 뗏목 가까이 떠밀려 왔다.

천손은 곁에 있던 청년으로부터 건지가 달린 장대를 빼앗아 들었다. 머지않은 거리였으나 건지를 뻗어도 잘 닿지 않았다. 천신만고 끝에 어쩌다 용케 왜장의 뒷덜미에 갈고리가 걸렸다. 천손은 힘껏 갈고리를 잡아챘다. 왜장은 뒷덜미의 옷깃에 걸린 갈고리를 풀기 위해 안간힘을 썼다. 잠시 천손과 왜장 사이에서 줄다리기가 벌어지는

가 싶더니 두 사람이 동시에 물에 풍덩 빠져버렸다. 왜장은 물에 빠져서도 갈고리를 놓지 않았고 한 손에 쥔 칼도 놓지 않으려 했다. 천손은 장대를 힘껏 틀어쥐고 양손으로 끌어당겼다.

왜장은 왼손으로 갈고리를 잡고 천손은 양손으로 잡고 있었으므로 끌어당기는 힘은 천손이 월등히 나았다. 하지만 왜장이 오른손에 칼을 쥐고 있었으므로 당길수록 오히려 천손이 불리했다. 장대를 끌어당겼다가 하마터면 왜장의 칼에 요절날 뻔했다. 물속이라 칼을 휘두르기보다 찌르는 편이 빨랐으나 왜장이 평소의 습관대로 칼을 휘둘렀기에 가까스로 피할 수 있었다.

천손은 갈고리를 무기로 쓰기 위해서는 우선 왜장을 물속 깊이 처박는 편이 낫겠다고 판단했다. 그러나 디딤판 없이 긴 장대 끝에 매달린 상대를 물속에 처박는 일은 결코 쉽지 않았다. 뗏목은 어디에 있을까, 하고 주변을 두리번거리는데 바로 등 뒤에서 철곤의 목소리가 들렸다.

"천손아, 우리 여기 있다, 어서 올라와!"

돌아보니 뗏목은 흐르는 물살을 견디며, 그의 바짝 등 뒤에 머물고 있었다. 천손은 철곤이 몸을 기울여, 수면 위로 뻗어주는 손에 의지하여 뗏목 위로 올라섰다. 그런데 서로 말 한마디 주고받을 틈도 없이 한 손에 잡은 장대 끝이 허전함을 느꼈다. 급히 등 뒤를 돌아보니 그새 왜장이 짐승대가리 투구를 벗어버리고 저만치 헤엄을 쳐 달아나고 있지 않은가.

"안된다, 이놈!"

동무들이 만류할 틈도 없이 천손은 즉각 물속으로 뛰어들었다. 왜장이 달아나는 방향으로 뱃조각 판자 하나가 떠내려오고 있었다. 천손은 있는 힘을 다하여 헤엄을 쳐서 왜장을 뒤쫓아 갔다. 왜장은 이미 지쳐버렸는지 속도가 잘 나지 않았다. 몸이 몹시 무거운 듯 수족을 놀리는 것조차 버거워 보였다. 그러나 뱃조각 판자가 하필이면 그의 바짝 곁으로 떠내려오고 있었으므로 천손은 마음이 급했다. 장대를 힘주어 뻗어 보니 건지 끝이 왜장의 발에 닿을 듯 말 듯 했다. 왜장이 필사적으로 팔을 뻗어 판자를 가로챘다. 그 사이에 천손은 더욱 힘차게 발을 놀려 왜장에게로 한 발 더 다가갔다. 왜장도 매에게 쫓기는 까투리 마냥, 죽을 힘을 다하여 판자 위로 기어오르려고 애를 쓰고 있었다.

천손은 판자 위에 올라가려는 왜장의 등을 찍어 다시 수면으로 끌어내렸다. 왜장은 필사적으로 뱃조각 판자에 매달렸다. 천손은 그 틈을 이용하여 좀 더 가까이 왜장을 끌어당겼다. 대충 어림짐작해 보니 건지 끝이 왜장의 머리에 간당간당 닿을 듯했다. 천손은 때를 놓치지 않고 즉시 건지 끝을 허공으로 조금 들어 올렸다가 힘껏 내리쳤다. 퍽, 하는 소리가 아주 명쾌하게 들렸다. 왜장은 숨이 차는지, 아니면 약간의 치명상을 입어선지, 정신을 못 차리고 있었다. 천손은 잠시도 틈을 주지 않고 갈고리 끝으로 왜장의 머리를 계속해서 찍었다. 왜장의 머리에서 피가 번졌다. 연속으로 서너 차례 더 찍어

대자 왜장은 고개를 푹 떨구었다. 천손은 건지로 놈을 끌어당겨 칼을 빼앗았다. 그러고는 물속으로 잠수해 들어가서 놈의 복부 깊숙이 칼을 꽂았다. 분이를 벤 칼로 놈의 배를 찌른다고 생각하니 온몸에 짜릿한 전율이 흘렀다.

왜장은 마치 할복이라도 하듯 제 칼에 복부를 찔린 채 탕지암 쪽으로 떠내려갔다. 천손이 물 위로 올라오자 물 밑을 내려다보던 마을 사람들이 일제히 환호성을 질렀다.

29. 쥐구멍을 찾는 왜장

전세는 완전히 조선 수군의 승리로 기울고 있었다. 적의 함대는 귀선에 부딪히고 장군전에 구멍이 나서 온전한 배가 거의 없는 듯했다. 화염에 휩싸인 채 가라앉는 배도 부지기수였다. 물에 빠져 허우적거리는 왜병들과 난파된 배들이 쓰레기처럼 바다 위에 널렸다.

장대 위에서 꼼꼼히 전세를 훑어나가던 이순신의 미간이 꿈틀, 했다. 오른쪽 날개 끝자락을 형성하고 있던 원균 휘하 판옥선들 사이로 적의 배 십여 척이 허겁지겁 달아나고 있었던 것이다. 적의 배가 빠져나가지 못하도록 방어벽을 촘촘히 유지하라 그토록 일렀건만 그 새를 참지 못하고 왜선을 향해 돌격을 감행하는 바람에 오른쪽 날개에 구멍이 생겼던 것 같았다.

경상우수영 소속 판옥선들이 달아나는 왜선을 뒤쫓았지만 쉽사리 따라잡지 못했다. 속도 면에서는 왜 전선이 월등히 빨랐다. 왜선들은 뒤따르는 아군의 추적을 따돌리기 위해 견내량 쪽으로 가지 않고 화도와 방화도 사이의 좁은 물목을 택했다. 이순신 쪽에서 보면 왜적의 배들이 금방 섬 굽이 사이로 접어들면서 시야가 가로막혔다.

한편, 와키자카의 대장선은 물이 들이치는 가운데 필사적으로 도망치고 있었다. 격군들은 손에 피멍이 들도록 노를 저어야 했고, 겁에 질린 와키자카는 목이 터져라 '이소가시이, 이소가시이!'를 외쳐댔다. 적과 마주하고 싸울 때보다 도망할 때가 더 무섭게 느껴지는 법이었다. 수리에게 쫓기는 까투리처럼 그야말로 혼비백산 도망을 치면서 와키자카는 이미 제정신이 아니었다. 일본국의 통일 과정에서 주군, 풍신수길로부터 크게 신임을 받은 장수로서 부하들 앞에서 이렇게 비겁한 추태를 보이는 건 처음이었다. 용인전투에서 5만의 조선 관군을 격퇴한 후, 으스대며 기고만장하던 그 기백은 어디에서도 찾아볼 수 없었다.

거제현 술역리 앞을 지나, 어구 마을 가까이에 접근할 무렵, 배는 서서히 한쪽으로 기울기 시작했다. 격군들은 더 이상 노질을 할 수가 없었고, 병사들의 공포감은 극도로 확산되었다. 급기야 왜군들이 줄줄이 배에서 뛰어내렸다. 헤엄을 칠 줄 모르는 와키자카와 십여 명의 호위병들만 배에 남았다. 다급한 나머지 와키자카는 바로 눈앞에 보이는 섬으로 방향을 틀도록 명했다. 그러나 격군들은 이미 배에서 뛰어내려 일부는 물에 빠져 죽고 일부는 거제도 쪽으로 탈출한 뒤였다.

그나마 갈 바를 잃고 물결에 표류하던 배는 한 식경도 못 되어 너울성 파도 한 방을 맞고 맥없이 주저앉았다. 장군전을 연속으로 얻어맞고 크게 멍이 든 배는 침몰과 동시에 판자의 이음새가 일그러지면서 상갑판의 판자들이 깨어져 흩어졌다. 가까스로 나무판자를 하나씩 끌어안은 대장과 호위병들은 반은 물결에 떠밀리고 반은 자의적으로 발을 놀려 가까운 무인도 쪽으로 함께 떠밀려 갔다. 함께 도망하던 왜군들은 대장선이 침몰하는 광경을 보고 주군과 군사들이 모두 물에 빠져 죽은 것으로 판단하고 꽁지가 빠지도록 멀리 내빼고 말았다.

왜군 패잔병들이 올라탄 판자 조각들이 떠내려가서 가까스로 닿은 곳은 한산도 염개 마을 부근의 작은 섬이었다. 사람은 살지 않고 소나무와 칡덩굴만 무성한 무인도였다. 와키자카는 조선 수군의 수색을 피하여 그곳에서 숨어 지냈다. 먹을 것이 없어 갯가에서 채취한 미역으로 연명하면서 왜군 패잔병들은 자신들이 타고 온 널빤지와 깨어져 밀려오는 파편들을 주워 모아 뗏목을 만들었다. 못을 구할 수 없어 소나무 가지를 이음새로 사용하여 칡덩굴로 그나마 꽤 단단히 얽어맸다.

한산해전이 있은 지 십여 일 후, 와키자카는 조선 수군의 수색대가 완전히 물러갔다고 판단하고 무인도에서 몰래 빠져나와 거제도로 탈출했다. 이 전투에서 와키자카는 치명적인 패배로 인한 허탈감을 넘어 정신적으로 심한 충격을 입었다. 그때까지 수많은 전투를 치르면서 쌓아온 명성이 하루아침에 모래성처럼 와르르 무너지는 절망감을 온몸으로 체험한 셈이었다.

30. 완전한 승리

　이순신은 적의 수급을 챙기기에 바쁜 원균에게 내륙으로 도망친 왜적의 뒤를 당부하고 이억기와 함께 진해만 쪽으로 진군했다. 부산 왜영을 공략할 계책을 마련하기 위해 가덕도 앞까지 나아가볼 참이었다.

　견내량을 막 지나쳐 가려 할 때 먼저 보낸 탐망선이 급보를 전해 왔다. 와키자카와 연합 세력을 형성했던 구키의 함대 40여 척이 안골포에 정박해 있다는 것이었다. 당장 안골포로 쳐들어갈 계책을 세웠으나 바람이 심하고 날까지 저물어 그날은 칠천량에서 자고 다음 날 아침, 안골포로 출정했다.

　안골포는 바닷물이 내륙으로 깊숙이 파고들어 지세가 좁고 수심이 얕은 곳이었다. 함부로 발을 들여놓았다간 언제 어디서 퇴로를 차단당한 채 기습 공격을 당할지 알 수 없었다. 우수영 함대는 가덕

변두리에 진을 치고 전라좌수군은 학익진을 형성하여 곧장 안골포로 쳐들어갔다. 포구에는 과연 적의 함대 40여 척이 물고기 비늘처럼 줄을 지어 정박해 있었다. 이순신은 견내량처럼 너른 바다로 유인해서 섬멸하려 했으나 적은 따라 나오지 않았다. 이미 견내량의 참담한 패전 소식을 들어 알고 있는 듯했다.

형세가 불리해지면 상륙하여 꽁지 빠지게 도망할 심산인 듯했다. 어쩔 수 없이 차례로 드나들며 포를 쏘고 편전과 철환을 퍼부어 적의 배를 하나씩 부수어나갔다. 이억기가 외해에 복병을 세워 두고 합세하니 아군의 형세는 더욱 사나워졌다.

적은 도망하기 위해 부상 당한 군사와 죽은 시신들을 층각선 두 척에 모으고 있었다. 그 배들마저 포로 두들기고 화살을 쏘아 궤멸시키니 적진은 그야말로 아비규환이었다. 살아남은 자들은 육지로 달아나고 포구에는 아직 성한 배 십여 척이 남아 있었다. 합세하여 남은 배에다 불화살을 꽂아 넣었다. 화약과 탄환을 아껴야 했고, 모두 불태우면 상륙하여 산속에 숨은 백성들을 도륙할 것이 염려되어 몇 척은 남겨두었다.

배를 돌려 포구 밖으로 물러나 있다가 새벽녘에 다시 가보니 적은 어느새 배를 버리고 도망하고 없었다. 뭍에 올라 검은 연기가 모락모락 피어오르는 곳으로 가보았다. 누린내를 품은 악취가 코를 찌르고 여기저기 타다만 수족과 뼈다귀가 나뒹굴고 있었다. 장작더미에 시체를 쌓아놓고 불을 질러 태우다가 황급히 도망간 흔적으로 보였다. 땅바닥은 시체에서 흘러나온 피로 검붉게 젖어 있어, 보는 이의 가슴을 섬뜩하게 했다.

이순신은 만감이 교차했다. 고향에서 그들을 기다릴 부모 형제와 그들을 사지에 몰아넣은 도요토미의 모습이 차례로 그려져 눈앞에 떠올랐다.

포구에 남겨두었던 적의 배를 모두 불태우고 돌아 나와 김해 포구를 수색했지만, 적의 모습은 그림자조차 발견할 수 없었다. 가덕도에서 몰운대까지 전함을 늘여 진을 치고 탐망꾼을 보내어 가덕, 웅봉, 김해 등지를 돌아보게 했다. 밤 술정시쯤, 탐망군이 와서 보고했다. 매일 50여 척씩 드나들던 배들이 안골포 접전 이후로는 한 척도 눈에 띄지 않는다는 것이었다.

한산도로 돌아와 산속으로 들어간 적의 동태를 살펴보았다. 적들은 굶주려 걸음도 잘 걷지 못할 뿐만 아니라 지쳐 물가에서 졸고 있었다. 조롱에 갇힌 새나 다름없었으므로 전라 좌우수군은 정비를 위해 일단 임지로 돌아가고 경상우수영 군사들이 남아서 감당하기로 했다.

31. 담장가의 백일홍, 누구를 기다리는가

천손은 한산해전이 있은 지 열흘째 되던 날, 철곤, 병석 두 친구와 함께 적포로 갔다. 살아남은 사람들이 새 삶을 위해 양팔을 걷어붙였지만, 마을은 아직도 폐허의 구렁텅이에서 쉽사리 헤어나지 못하고 있었다. 검게 불탄 흔적들을 걷어내고 우선 웅거할 집을 짓기 시작했으나 목재를 구하지 못하여 통나무와 흙으로만 벽체를 세우고 산야에서 억새를 베어다 지붕을 이었다.

집 안에 긴히 소용되는 것들, 손때가 묻은 가재도구들 또한 거의 남아 있지 않았다. 쓸만한 것들은 모두 싹쓸이하듯 거두어 가버렸고 가축들 또한 어디로 사라졌는지 흔적조차 없었다. 어쩌다 총포 소리에 놀라 달아났던 개들이 돌아온 집안에서는 제 식구가 살아 돌아온 듯 반가워했다. 하지만 그 개를 먹일 음식이 없었다. 양식이 한 톨도 남아 있지 않았으므로 갯가에서 해산물을 채취하거나 물고기를 잡아 그날그날 연명해 나갈 수밖에 없었다. 다행히 이모 댁 식솔들은 모두 무사했지만 양식이 바닥나서 불을도의 외가댁에 의존하고 있었다.

분이네 집은 누구 하나 손댈 사람이 없어 불타 주저앉은 그대로 였다. 분이가 아등바등 온몸으로 지켜내고자 했던 세 식구의 삶은 흔적조차 없이 어디론가 다 흩어지고 없었다. 온전한 건 분이가 여름 한 철, 꽃그늘에 앉아 잠시 쉬며 미래를 꿈꾸던 한 그루의 배롱나무뿐이었다. 중추절이면 노랑 저고리에 다홍치마를 곱게 차려입은 분이가 이웃 동무들과 어울려, 앉은 그네를 서로 밀어주며 놀던 곳이기도 했다. 돌아오지 않는 주인을 애타게 기다리듯, 또는 등불을 밝혀 들고 누군가를 기다리듯 이 날따라 백일홍은 유난히 붉고 탐스러웠다.

분이가 아끼던 황소 누렁이도 끝내 모습을 드러내지 않았다. 그날, 아마도 왜군들에게 붙잡혀 처참하게 죽임을 당했을 거라고 천손은 나름으로 추측할 수밖에 없었다. 뒤꼍의 텃밭에 마련한 세 식구의 가묘는 어느새 잡풀이 파릇파릇 자라나고 있었다. 분이의 무덤 앞에 털썩 주저앉은 천손은 한동안 머리를 땅에 처박고 고개를 들지 못했다.

'분이야, 보았느냐. 너와 네 식구들의 원수, 적포 마을 백성들의 원수, 그리고 너로 인해 가슴에 사무친 나의 원수, 그 잔악한 무리를 통쾌하게 무찔렀다. 우리 수군이 놈들을 완전히 박살 냈단 말이다. 기뻐해야지, 기뻐해야지! 춤이라도 덩실덩실 추어야지! 그런데 조금도 기쁘지 않구나. 혼자 멀쩡히 살아남은 나 자신이 미워죽겠구나. 가슴만 찢어질 듯 아프고 숨이 턱턱 막히는구나. 대체 그동안 우리 둘 사이에 무슨 일이 벌어졌던 것이냐. 누가 왜, 우리를 이렇게 이승과 저승으로 갈라놓은 것이냐. 너무나 보고 싶고, 너무 원통해서 억장이 무너질 듯하구나.'

그동안 애써 참아왔던 눈물이 둑 터진 봇물처럼 한꺼번에 터져 나오기 시작했다. 얼마나 마음이 따뜻하고 정 많던 사람이던가! 아버지와 동생 때문에 늘 수심에 젖어 살면서도 언젠가는 좋은 시절이 올 거라는 희망을 버리지 않고 살아온 여인이었다. 천지신명이 내려다보고 있다면 어찌 이런 여인에게 그토록 혹독한 시련, 참혹한 재앙을 안길 수 있다는 말인가.

분이의 목숨을 되살릴 수만 있다면 지옥 불을 건너 염라대왕이라도 찾아가고 싶었다. 가서, 세상이 바라는 선악의 규범은 어떤 것이며 하늘은 진정 악을 벌하고 선을 고양할 의지가 있기나 한 것인지 따져 묻고 싶었다.

갈수록 그리움은 깊어지고 슬픔은 너울 파도처럼 번져나갔다. 바로 목전에서 멀쩡히 바라보고도 구해내지 못했던 그 절박하고 안타까운 순간들이 가슴에 사무쳤다. 도대체 누구의 잘못으로 이 순박한 조선의 백성들이 이다지도 혹독하게 당해야만 하는지, 이해할 수 없었다. 진작 분이를 불을도로 데려가지 못한 것이 한스럽고, 누가, 왜, 어쩌다 이런 말도 안 되는 참상을 초래했는가를 생각하며 그는 울었다. 뱃속을 가득 메우고도 턱 밑까지 차오른 오열은 쉽사리 해소될 것 같지 않았다.

봉분의 흙더미를 그러쥐고 몸부림치는 천손을 보다 못한 두 동무가 다가가 등을 어루만지며 달랬다.

"천손아, 이제… 그만 눈물을 거두거라. 소중한 사람을 잃었지만… 그 슬픔을 감당하기가 쉽진 않겠지만, 이미 유명을 달리한 사람 아니냐. 그 사람의 넋을 달래고 위로하려면 이제, 그만 정신 차리고 할 일을 해야지. 대신 우리는 힘을 합쳐 우리 식솔들과 우리 동네를 지켜냈잖냐. 그걸로 위로 삼고 그만 마음을 굳게 가지자."

천손은 그제야 자신을 돕기 위해 함께 와 준 동무들을 의식했다. 그는 가까스로 턱밑까지 가득 차오른 울음을 털어내고 일어섰다.

가묘를 정리해서 제대로 된 장례를 치러 주고 싶었지만 목관을 구할 수가 없었으므로 전란이 끝날 때까지 기다릴 수밖에 없었다. 대신 큰비에도 끄떡없도록 떼를 더 보충하여 다지기를 하고 주변을 말끔하게 정돈했다. 그러고 나서 불을도에서 준비해 온 제물을 차려 놓고 비명에 간 세 사람의 넋을 위로했다.

그날 저녁 불을도로 돌아오는 길에 유난히 노을이 붉었다. 천손은 그 핏빛 노을이 적포 마을의 참상을 잊지 말아 달라는 누군가의 처절한 하소로 느껴졌다. 또한, 가슴 깊이 간직했던 연모의 정을 잊지 말아 달라는 분이의 호소로도 다가왔다.

"오라버니, 전 이미 유명을 달리한 몸이지만 백일홍이 필 때면 오라버니를 손꼽아 기다릴 거예요. 백일홍이 피면 부디 잊지 말고 적진포로 와 주셔요. 내년에도 내후년에도 다음, 그다음 해에도 우리 집 담장가의 배롱나무 밑에서 오라버니를 기다리겠어요."

절정의 찬란함을 지나 서서히 사그라드는 노을 속에서 분이의 애조 띤 목소리는 울먹이는 듯, 속삭이는 듯, 잔잔한 여울처럼 천손의 가슴께로 전해오는 듯했다.

"미안하다, 분이야. 힘없는 나라가 적진포 백성들을 위험에 빠뜨렸고, 미련한 나는 최선을 다했지만 결국 널 지켜내지 못했구나. 이 모든 게 다 힘없는 나라에서 힘없는 백성으로 태어난 죄다. 다시 태어날 때는 꼭 전쟁 없는 평화로운 땅에서 태어나자꾸나. 한평생 사람답게, 복락을 누리면서 살아갈 수 있도록 보다 안전한 땅에서 태어나자꾸나."

천손은 빗물에 번지듯 아롱지는 노을 속에서 분이의 모습을 한시도 놓치지 않으려고 애를 썼다.

분이는 완전히 날이 저물 때까지 오래도록 머물다가 한순간, 박명 속에 묻히듯 사라져갔다.

한산대첩 이후, 왜군은 힘차게 활공하던 독수리가 한쪽 날개를 잃고 서서히 땅으로 추락하는 형세로 돌아섰다. 아무리 발악해도 육군만으로는 더 이상 진격이 어려웠다. 우선 보급과 지원군이 문제였다. 군량과 군비를 확보해가면서 서해를 거쳐 명나라까지 진출하려던 전략에 치명타를 입은 것이었다.

얼마 전까지만 해도 고니시 유키나가는 의주까지 몽진한 임금을 향해 이렇게 조롱했었다.

"우리 수군 10만 명이 또 서해로 올라오면 이제 왕의 수레는 어디로 가시겠소?"

고니시가 보낸 서찰을 받아보고 임금은 그 자리에 주저앉아

대성통곡했다. 사직은 천 길 낭떠러지 위에 걸려 있고, 발밑으로는 까마득한 절벽 아래 압록강이 기다리고 있었다. 임금은 종묘를 향해 엎드려 울고 중신들도 임금을 따라 엎드려 함께 울었다. 왜군은 도저히 감당할 수 없는 귀신같은 존재로 여겨졌고 절망은 태산처럼 밀려와서 가슴을 짓눌렀다. 이제는 정말 명의 지원 말고는 이 절박한 사태를 수습할 방도가 없었다. 임금의 입에서 명으로 내부하자는 말이 흘러나왔다. 대신들은 가타부타 갑론을박을 거듭했다. 명나라로 내부하자는 쪽과 남은 병력을 모아 사생결단하든지, 그도 저도 아니면 압록강에 투신하는 수밖에 다른 도리가 없다는 의견이 팽팽히 맞섰다.

그 무렵, 이순신이 올린 장계가 도착했다. 임금은 장계를 읽고, 그 어느 승첩 때보다도 더 큰 감격을 맛보았다. 장계의 내용은 서해 보급로를 뚫기 위해 조직된 적의 연합함대가 완전히 궤멸되거나 와해되었음을 의미했다. 서해를 통해 10만 대군이 올라오고 있다며, 항복을 종용하던 고니시 유키나가의 코를 납작하게 뭉개 준 셈이었다.

한산 승첩의 소식이 민들레 홀씨처럼 방방곡곡으로 퍼지자 끝없는 패배감에 허물어졌던 백성들의 어깨가 조금씩 펴지기 시작했다. 땅바닥에 패대기쳐진 자존감이 서서히 고개를 들기 시작하고, 다 죽어가던 저항 의식이 되살아나기 시작했다. 용기를 얻은 민중들이 의병을 조직하여 곳곳에서 봉기했다.

고니시는 한산대첩의 여파로 평양에 발이 묶였다. 서해 해상 보급로가 완전히 봉쇄되었고 길어진 전선 곳곳에서 의병이 일어나 왜적들을 괴롭혔다. 왜적이 평양에서 발이 묶이면서 관서 지방을 통하여 조명 간 군비의 통로만큼은 안전하게 확보되었다.

이순신의 목을 베고 서해 진출의 활로를 개척하겠다고 호언장담했던 와키자카는 거제도를 거쳐 김해로 탈출했다. 그는 구사일생으로 살아남았지만 가신 와키자카 사효에, 와타나베 시치에몬을 비롯한 수많은 부하 장수들이 목숨을 잃었다. 부장 와타나베의 시신은 한산도의 갯가에서 발견되었는데 훗날의 기록에 패전의 책임감과 치욕을 이기지 못하고 할복한 것으로 전해진다.

훗날 전란이 끝나고 본국으로 돌아간 와키자카는 이렇게 그날을 회고했다고 전해진다.

"나는 이순신을 너무 몰랐다. 단지 해전에서 요행으로 몇 번 이긴 장수일 거라고만 생각했다. 하지만 그날, 한산해전을 겪고 나서야 비로소 나는 그의 진가를 알게 됐다. 그는 분명, 조선의 다른 장수와는 달랐고, 단언컨대 우리 일본국의 장수 중에서도 그를 능가할 장수는 없어 보였다. 그날의 패전 이후, 나는 두려움에 떨며, 몇 날 며칠 동안 음식도 제대로 삼킬 수 없었다. 앞으로도 전쟁에서 장수로서의 책무를 다할 수 있을지 강한 의문이 생긴다.”

“지금에 와서 돌이켜보면 내가 가장 두려워하는 사람도 이순신이고 가장 흠모하는 장수도 이순신이고 죽이고 싶도록 미워하는 사람도 이순신이다. 그래도 그와 마주 앉아 차라도 한 잔 나누었으면 하는 게 지금 나의 솔직한 심정이기도 하다.”

와키자카는 본국으로 돌아가서도 매년 이날만큼은 아무것도 입에 대지 않고 미역만 씹었으며, 그의 사후에는 후손들이 대대로 그 전통을 이어오고 있다고 한다.

초판 1쇄 인쇄 2023년 02월 07일
초판 1쇄 발행 2023년 02월 15일
지은이 김병용

펴낸이 김양수
책임편집 이정은
편집디자인 안은숙
교정 채정화

펴낸곳 휴앤스토리
출판등록 제2016-000014
주소 경기도 고양시 일산서구 중앙로 1456(주엽동) 서현프라자 604호
전화 031) 906-5006
팩스 031) 906-5079
홈페이지 www.booksam.kr
블로그 http://blog.naver.com/okbook1234
포스트 http://naver.me/GOjsbqes
인스타그램 @okbook_
이메일 okbook1234@naver.com

ISBN 979-11-89254-82-7 (03800)

맑은샘, 휴앤스토리 브랜드와 함께하는 출판사입니다.